노인과 바다

노인과 바다

어니스트 헤밍웨이 지음
한민 옮김

그는 멕시코 만류에서 조각배를 타고 홀로 고기잡이를 하는 노인이었다. 노인이 물고기 한 마리 구경하지 못한 지도 어느덧 84일이 지나고 있었다. 노인이 처음부터 혼자서 고기잡이를 나갔던 것은 아니었다. 처음 40일 동안은 한 소년이 그와 함께 바다로 나갔다. 하지만 40일이 지나도록 물고기를 한 마리도 잡지 못하자, 소년의 부모는 노인이 이젠 누가 뭐래도 틀림없이 '살라오', 그러니까 스페인 말로 '운이 바닥난 사람'이 되었다며 노인과 함께 고기잡이를 나가는 걸 말렸다. 소년은 부모가 시키는 대로 다른 배를 타고 고기잡이를 하러 나갔다. 그 배는 첫 주에 큼직한 물고기를 세 마리나 잡았다.

　매일같이 빈 배로 돌아오는 노인의 모습을 볼 때마다 소년은 가슴이 아팠다. 소년은 늘 노인을 마중 나가 사려놓은 낚싯줄 뭉치, 작살, 돛을 둘둘 말아 놓은 돛대 따위를 나르는 걸 도와주곤 했다. 돛은 밀가루 부대 조각들로 누덕누덕 기워 놓아 돛대에 높이 펼쳐 올리면 마치 영원한 패배를 상징하는 깃발처럼 보였다.

노인은 비쩍 마르고 여윈 데다 목덜미에는 깊은 주름이 고랑을 이루고 있었다. 두 뺨은 열대의 바다가 튕겨내는 강렬한 햇빛 때문에 생긴 양성 피부암으로 인해 얼룩덜룩한 갈색 반점들이 나 있었고, 이 반점들은 얼굴 양 옆을 타고 아래쪽으로 길게 번져 있었다. 두 손은 낚싯줄에 걸린 묵직한 물고기들을 끌어올리느라 생긴 상처 자국들이 주름처럼 깊게 패여 있었지만 어느 것 하나 근래에 생긴 흉터는 아니었다. 물고기가 살지 않는 사막의 침식 지대만큼이나 오랜 세월을 지낸 상처들이었다.

노인이 지닌 모든 것들은 늙거나 낡아 있었다. 하지만 두 눈만은 그렇지 않았다. 바다와 똑같은 빛깔을 띤 노인의 두 눈은 여전히 생기 넘치고 불굴의 의지로 빛나고 있었다.

"산티아고 할아버지." 조각배를 끌어올려 놓고 둑 위로 올라가면서 소년이 노인에게 말했다. "저, 할아버지랑 다시 고기잡이를 나갈 수 있어요. 그동안 돈을 좀 벌었거든요."

소년에게 물고기 잡는 법을 가르쳐 준 사람은 노인이었

다. 그래서 소년은 무척이나 노인을 따랐다.

"그건 안 돼." 노인이 말했다. "너는 운이 좋은 배를 타고 있어. 그러니 그 사람들과 그냥 있도록 해라."

"생각해 보세요. 전에 할아버지가 87일이나 물고기를 잡지 못했었지만 저랑 함께 나가서 3주 동안 매일 큰 물고기를 잡았었잖아요."

"물론 기억하고말고. 내 솜씨를 믿지 못해서 네가 떠난 게 아니란 걸 안단다." 노인이 말했다.

"아버지 때문이에요. 전 아직 나이가 어려서 아버지 말을 따라야 하니까요."

"그래. 그래야 하고말고. 당연히 그래야지."

"그런데 아버지에겐 신념이란 게 그다지 없어요."

"그래, 그건 그렇다. 하지만 우리에겐 신념이란 게 있지. 안 그러냐?" 노인이 말했다.

"물론이죠." 소년이 맞장구를 치면서 말했다. "제가 '테라스(여기에서는 테라스가 딸린 가게를 말한다)'에서 맥주를 한잔 사 드릴 테니 드시고 이건 나중에 옮기기로 해요."

"물론 그것도 좋지. 우린 같은 어부니까." 노인이 대답했다.

노인과 소년이 테라스에 들어가 자리에 앉자, 여기저기에서 어부들이 노인을 보고 놀려댔다. 하지만 노인은 조금도 화를 내지 않았다. 그중에서 나이가 지긋한 어부들 가운데 몇몇은 짠한 표정으로 그를 바라보기도 했다. 노인과 소년은 내색하지 않고 해류에 대한 이야기, 낚싯줄을 얼마나 깊이 내렸는지에 대한 이야기, 또 계속되는 좋은 날씨나 고기잡이 중에 보았던 것들을 화제로 삼아 다정하게 이야기를 나눴다.

그날 물고기를 많이 잡은 어부들은 일찌감치 항구로 돌아와서, 잡아온 청새치를 손질해 널빤지 두 장에 길게 늘어놓고, 두 사람이 널빤지 양쪽에 붙어 비틀거리며 수산물 창고로 옮겼다. 그 물고기들은 냉동 트럭에 실려 아바나 시장으로 운송되기 전까지 그 창고에서 대기했다. 상어를 잡은 어부들은 후미 맞은편에 있는 상어 가공 공장으로 싣고 갔는데, 그곳에서는 도르래와 밧줄로 상어를 들어 올려 내장을 빼내고, 지느러미를 자르고, 껍질을 벗겨낸 뒤 토막을 친 살점을 소금에 절였다.

동쪽에서 바람이 불어올 때면 상어 공장에서 풍기는 냄새가 항구를 가로질러 이곳까지 밀려왔다. 하지만 오늘은 바람이 북쪽으로 방향이 바뀌었다가 곧 잠잠해진 탓에 악취는 아주 희미하게만 코끝에서 느껴졌고, 그래서 환한 햇살이 드리워진 테라스의 공기는 쾌적했다.

"산티아고 할아버지." 소년이 노인에게 말했다.

"왜 그러느냐?" 노인이 대답했다. 그는 맥주잔을 든 채로 먼 옛일을 회상하고 있던 참이었다.

"제가 나가서 내일 쓰실 정어리를 좀 구해다 드릴까요?"

"아니다. 괜찮다. 넌 야구나 하고 놀 거라. 난 아직 노를 저을 수 있고, 로헬리오가 그물을 던져줄 테니까."

"그래도 제가 구해다 드리고 싶은걸요. 할아버지와 함께 물고기 잡이를 할 수 없다면 다른 거라도 도와드리고 싶어요."

"넌 내게 이렇게 맥주를 사 주지 않았니." 노인이 말했다. "너도 이젠 어른이 다 되었구나."

"할아버지가 맨 처음 저를 배에 태워 바다로 나가셨을 때 제가 몇 살이었죠?"

"다섯 살이었지. 그때 넌 하마터면 죽을 뻔했지. 내가 끌어올린 물고기가 얼마나 펄떡거렸는지 그놈이 배를 거의 산산조각 낼 뻔했거든. 기억나니?"

"네. 기억나요. 그 녀석이 꼬리로 배 바닥을 철썩철썩 때리며 날뛰는 바람에 노 젓는 자리가 다 부서졌잖아요. 그리고 할아버지가 젖은 낚싯줄을 사려놓은 뱃머리 쪽으로 저를 번쩍 들어 옮겨놓고 그 녀석을 몽둥이로 두들겨 패던 것도, 배가 마구 흔들리던 느낌도 다 생각이 나요. 할아버지가 도끼로 나무를 찍듯이 몽둥이로 물고기를 두들겨 패던

소리도, 제 몸에서 온통 달큼한 피 냄새가 풍기던 것도요."

"정말로 그게 전부 기억이 나는 게냐, 아니면 내가 말을 해 줘서 아는 게냐?"

"전 할아버지와 처음 함께 나갔을 때부터 지금까지 겪었던 일들이라면 하나도 빼지 않고 전부 기억나는 걸요."

노인은 햇볕에 그을린, 신뢰와 애정을 가득 담은 눈빛으로 소년을 바라보았다.

"네가 내 아들이라면 너를 데리고 먼바다로 나가서 내 운을 시험해 보겠다만 네겐 아버지와 엄마가 계시고 게다가 지금 너는 좋은 운이 좋은 배를 타고 있으니까." 노인이 말했다.

"정어리를 잡아 올까요? 미끼를 네 마리쯤 구할 수 있는 곳도 알고 있어요."

"오늘 쓰고 남은 것도 아직 있어. 소금에 절여 상자에 넣어 두었지."

"싱싱한 걸로 네 마리 구해다 드릴게요."

"한 마리면 충분해." 노인은 희망과 자신감을 잃어본 적이 한 번도 없었다. 그리고 산들바람이 불어올 때처럼 새삼 그 희망과 자신감이 더욱 새롭게 솟아나는 느낌이었다.

"그럼 두 마리만 가져 올게요." 소년이 말했다.

"그래, 두 마리." 노인이 동의했다. "그런데 설마 훔치거나 한 건 아니겠지?"

"훔칠 수도 있었지만 이건 제가 돈을 주고 산 거예요." 소년이 대답했다.

"고맙구나." 노인은 자신이 언제 겸손함에 대해 배웠는지조차 생각해보지 않을 만큼 단순한 사람이었다. 그럼에도 지금은 자신이 겸손해졌다는 것을 알고 있었으며, 부끄러운 일도 아니고 진정한 자부심이 덜해지는 일도 아니라는 것 또한 잘 알고 있었다.

"해류가 이런 상태로만 계속된다면 내일은 틀림없이 고기잡이하기에 좋은 날이 될 게다." 노인이 말했다.

"어디로 나가실 생각인가요?" 소년이 물었다.

"먼바다로 나갔다가 바람이 바뀔 때 들어올 생각이다. 동이 트기 전에 나갈 게야."

"저희 배 주인아저씨에게도 먼바다로 나가서 물고기를 잡자고 해볼게요. 그럼 할아버지가 정말 큰 놈을 낚았을 때 우리가 가서 도와드릴 수 있을 거예요." 소년이 말했다.

"그 사람은 멀리 나가는 걸 좋아하지 않는걸."

"그렇긴 하죠. 하지만 물고기를 노리는 새와 같은, 주인아저씨가 보지 못하는 뭔가를 보았다고 하면 되죠. 그렇게 해서 만새기를 쫓아 먼바다까지 나가도록 해볼래요." 소년이 대답했다.

"그 사람 눈이 그렇게 나쁘냐?"

"거의 장님이나 다름없는걸요."

"참 이상한 일이구나. 그 사람은 바다거북을 잡으러 나
간 일도 없는데 말이야. 바다거북을 잡다보면 눈을 망치게
되거든." 노인이 말했다.

"하지만 할아버진 머스키토 해안에서 몇 해 동안이나 바
다거북잡이를 하셨어도 눈이 멀쩡하잖아요."

"난 별난 늙은이니까."

"근데 할아버진 진짜 큰 물고기가 잡혀도 감당하실 수 있
으신 거예요?"

"그럴 게다. 게다가 난 요령을 많이 알고 있지."

"이제 그만 어구들을 집으로 옮기러 가요. 그래야 제가
투망을 가지고 정어리를 잡으러 갈 수 있거든요." 소년이
말했다.

노인과 소년은 배에서 가져온 어구들을 집어 들었다. 노
인은 돛대를 어깨에 멨고, 소년은 단단히 꼬아 만든 갈색 낚
싯줄을 둘둘 말아 넣은 나무상자며 갈고리 그리고 작살 자
루 등을 들고 갔다. 미끼물고기가 든 상자는 배 옆으로 끌어
당긴 물고기를 제압할 때 사용하는 몽둥이와 함께 배의 고
물에 남겨 두었다. 노인의 물건을 훔쳐갈 사람이라곤 아무
도 없겠지만 돛과 굵은 밧줄은 밤이슬을 맞으면 좋지 않으

므로 집으로 옮겨 놓는 것이 나았다. 그리고 이 마을 사람들이 자신의 물건에 손을 대리라고는 생각하지 않았지만, 갈고리와 작살을 배에 그냥 놔두는 것은 공연히 사람들의 마음을 유혹하는 짓이라고 노인은 생각했다.

두 사람은 노인이 사는 오두막으로 걸어 올라가 열려 있는 문으로 들어갔다. 노인이 돛으로 둘둘 감겨 있는 돛대를 벽에 기대 세워 놓자 소년은 상자와 다른 어구들을 그 옆에 내려놓았다. 오두막의 단칸방은 돛대의 길이와 거의 같았다. 노인의 오두막은 '구아노'라는 대왕야자수의 질긴 껍질로 지어졌는데, 방 안에는 침대, 식탁, 의자가 하나씩 있었고 흙바닥에는 숯불을 피워 음식을 만드는 화덕 자리가 마련되어 있었다. 섬유질이 억센 구아노 잎사귀를 납작하게 여러 겹 포개 만든 갈색 벽에는 컬러 물감으로 그린 예수 그리스도의 성심상과 코브레(쿠바 동남부 산티아고데쿠다에 있는 성당. 이곳에 있는 검은 얼굴의 성모상은 쿠바의 수호신으로 숭배되고 있다.) 성모상이 걸려 있었다. 죽은 아내가 남긴 유품들이었다. 한때 그 벽에는 연한 색조를 넣은 아내의 사진도 걸려 있었지만 그걸 볼 때마다 너무나 외로움이 느껴져서 떼어 내 방구석에 놓인 선반의 깨끗한 셔츠 밑에 넣어 두었다.

"드실 만한 게 있나요?" 소년이 물었다.

"노란 쌀밥이랑 생선 요리가 한 냄비 있단다. 좀 먹겠니?"

"아뇨. 전 집에 가서 먹을게요. 불을 좀 피워드릴까요?"

"아니다. 나중에 내가 피우마. 그냥 찬밥을 먹어도 되고."

"투망을 가져가도 될까요?"

"물론이지."

사실 투망은 없었다. 소년은 그걸 언제 팔아치웠는지도 기억하고 있었다. 하지만 두 사람은 이런 꾸며낸 대화를 날마다 되풀이했다. 노란 쌀밥과 생선이 든 냄비도 있을 리 없었고, 이것 역시 소년은 알고 있었다.

"85는 행운의 숫자지. 내가 내장을 빼내고도 500킬로그램이 넘는 놈을 잡아오는 걸 보고 싶지 않니?" 노인이 말했다.

"저는 이제 투망을 가지고 정어리를 잡으러 가야겠어요. 할아버지는 문간에 앉아 햇볕이나 쬐고 계세요."

"그러마. 어제 신문이 있으니 야구 기사나 읽어야겠구나."

소년은 어제 신문이라는 것도 역시 꾸며낸 말은 아닌지 긴가민가했다. 하지만 노인은 침대 밑에서 정말로 신문을 꺼냈다.

"보데가(식료품 가게를 뜻하는 스페인어. 값싸게 간이식사를 할 수 있는 곳)에서 페리코가 주었지." 노인이 설명했다.

"정어리를 잡아가지고 올게요. 할아버지 거랑 제 거랑 함께 얼음에 채워뒀다가 내일 아침에 나누면 되니까요. 제가 돌아오거든 야구 얘기 좀 해 주세요."

"양키스 팀이 이길 게 불을 보듯 뻔하지."

"하지만 클리블랜드 인디언스랑 붙는다면 만만치 않을 것 같은데요?"

"얘야, 양키스를 믿어야지. 위대한 디마지오 선수가 있잖니."

"전 디트로이트 타이거스랑 클리블랜드 인디언스도 만만치 않다고 생각해요."

"아서라. 그러다간 신시내티 레즈나 시카고 화이트삭스까지도 승산이 있다고 생각하겠구나."

"신문을 잘 읽어두셨다가 제가 돌아오거든 꼭 이야기해 주셔야 해요."

"우리, 끝자리가 85인 복권을 한 장 사는 건 어떻겠니? 내일이면 바로 85일째가 되는 날이니 말이다."

"그것도 괜찮겠네요. 하지만 87은 어떨까요?" 소년이 말했다. "87일은 할아버지의 최고 기록이잖아요."

"아마 그런 일은 두 번 다시 일어날 수 없을 거야. 그런데 끝자리 85인 복권을 구할 수 있을까?"

"한 장 주문하면 되죠."

"한 장이면 될 거야. 2달러 50센트. 그런데 누구에게 그 돈을 꾸지?"

"그건 문제없어요. 2달러 50센트 정도는 언제든지 빌릴 수 있거든요."

"아마 나도 빌릴 순 있을 게다. 하지만 되도록 빌리지 않으려고 하지. 돈을 빌리는 건 바로 거지가 되는 첫걸음이거든."

"할아버지 몸을 따뜻하게 하고 계세요. 지금이 9월이란 거 아시죠?" 소년이 말했다.

"큰 물고기를 잡을 수 있는 계절이지. 5월이라면 누구라도 어부 행세를 할 수 있을 테지만 말이다."

"전 이제 정어리를 잡으러 갈게요."

소년이 돌아왔을 때 노인은 의자에 앉은 채 잠이 들었고, 해는 이미 저물어 있었다. 소년은 침대에서 낡은 군용 담요를 가져다 의자 등받이로부터 노인의 어깨 위로 잘 펴서 덮어주었다. 비록 나이가 들었어도 노인의 어깨는 이상하리만큼 힘이 넘쳐흘렀다. 목덜미 역시 여전히 강인해 보였고 잠이 들어 고개를 앞으로 숙이고 있어서인지 주름살도 별로 드러나지 않았다. 셔츠는 그의 돛처럼 누덕누덕 기워져 있었는데, 기워 붙인 조각들은 햇볕에 바래 다채로운 색깔을 띠고 있었다. 노인의 머리도 몹시 늙은 모습이어서 두 눈을 감은 얼굴에서는 생기라곤 찾아볼 수 없었다. 무릎 위에 펼쳐진 신문은 늘어진 한쪽 팔에 눌려 저녁 산들바람에도 떨어지지 않고 그대로 놓여 있었다. 신발을 신지 않은 맨발이었다.

소년은 노인을 그대로 두고 자리를 떴다. 소년이 돌아왔을 때에도 노인은 여전히 자고 있었다.

"할아버지, 이제 그만 일어나세요." 소년이 한쪽 무릎에 손을 얹으며 말했다.

그러자 노인이 눈을 떴다. 그리곤 잠시 먼 곳에서 돌아오는 듯한 표정을 짓더니 이내 빙그레 미소를 지었다.

"뭘 들고 온 게냐?" 노인이 물었다.

"저녁식사예요. 함께 먹으려고요." 소년이 대답했다.

"그다지 배가 고프지 않구나."

"그러지 말고 드세요. 빈속에 고기잡이를 할 수는 없잖아요."

"먹지 않고 물고기를 잡은 적도 있었지." 노인이 자리에서 일어서며 대답을 했다. 그리고 신문을 들어 접고는 담요를 개기 시작했다.

"담요는 그대로 덮고 계세요. 제가 있는 한 할아버지가

21

굶은 채 고기잡이를 하도록 내버려 두지는 않을 거예요."
소년이 말했다.

"그럼, 몸조심하며 오래오래 살 거라. 그런데 먹을 게 뭐냐?" 노인이 물었다.

"검정콩 쌀밥하고 바나나 튀김 그리고 스튜가 조금 있어요."

소년이 테라스에서 이 단으로 된 양은그릇에 담아 가져온 음식이었다. 소년의 주머니에는 나이프와 포크 그리고 스푼이 한 벌씩 냅킨에 싸여 들어 있었다.

"누가 준 거니?"

"마르틴 아저씨가요. 주인아저씨 말이에요."

"그 사람에게 고맙다고 해야겠구나."

"인사는 제가 벌써 했으니까 할아버지가 따로 하실 필요는 없어요." 소년이 말했다.

"큰 물고기를 잡으면 그 사람에게 뱃살을 줘야겠다. 이렇게 음식을 준 게 이번이 처음이 아니었잖니." 노인이 말했다.

"아마 그럴걸요."

"그렇다면 뱃살보다 더 좋은 걸 줘야겠구나. 우리에게 퍽이나 마음을 써 주니 말이다."

"맥주도 두 병 주셨어요."

"난 캔맥주가 제일 좋더라."

"알고 있기는 하지만 이건 병맥주인걸요. '아투에이' 맥주예요. 병은 제가 가면서 돌려줘야 해요."

"넌 참 친절하기도 하구나. 자, 그럼 어디 먹어 볼까?" 노인이 말했다.

"전 아까부터 기다렸는걸요. 할아버지가 드실 준비가 다 될 때까지 뚜껑을 열고 싶지 않았던 거예요." 소년이 상냥하게 대답했다.

"난 이제 준비됐다. 손 씻을 시간이 좀 필요했을 뿐이니까." 노인이 말했다.

어디서 손을 씻었다는 걸까? 하고 소년은 생각했다. 마을에서 물을 공급해 주는 곳은 아래쪽으로 두 블록을 내려가야만 있었다. 할아버지에게 물을 길어다 줘야 했는데 그랬구나, 하고 소년은 생각했다. 비누와 수건도 가져와야 하고 말이야. 어째서 그 생각을 못 했지? 셔츠도 한 장 더 준비해드려야 하고, 겨울 재킷과 신발 그리고 담요도 한 장 더 갖다드려야 하겠어.

"스튜 맛이 아주 훌륭하구나." 노인이 말했다.

"야구 이야기 좀 들려주세요." 소년이 조르듯 말했다.

"아메리칸리그에선 역시 내가 말한 대로 단연 양키스야." 노인이 행복한 표정으로 말했다.

"오늘은 양키스가 졌잖아요." 소년이 말했다.

"그 정도는 아무것도 아니지. 위대한 디마지오가 다시 실력을 되찾았거든."

"양키스엔 다른 선수들도 있잖아요."

"물론이지. 하지만 디마지오는 차원이 다르지. 다른 리그에선 브루클린과 필라델피아라고 한다면 나는 두 팀 중에서 아무래도 브루클린 편이야. 그러고 보니 딕 시슬러가 생각나는구나. 그는 옛 구장(1913년 개장한 브루클린 에베츠필드 야구장으로 1950년 딕 시슬러가 브루클린 다저스를 상대로 연장 10회 3점 홈런을 치며 우승했던 곳)에서 굉장한 홈런을 날렸지."

"역시 그런 타구는 좀처럼 드물죠. 공을 그렇게 멀리 날려 보내는 선수는 아직 보지 못했거든요."

"그 선수가 테라스에 찾아오곤 했던 일이 기억나니? 나는 그와 함께 낚시를 하고 싶었지만 물어볼 용기를 내지 못했지. 그래서 네게 좀 부탁을 해보라고 했는데 너 역시 소심했고."

"그래요. 정말 큰 실수였죠. 어쩌면 우리랑 함께 낚시를 하러 가 줄 수도 있었는데. 그랬으면 평생을 두고 자랑거리가 되었을 텐데요."

"난 저 위대한 디마지오를 한 번만이라도 고기잡이에 데려가고 싶구나. 소문을 듣자니 디마지오의 아버지도 어부였다는데. 아마 그도 우리처럼 가난했던 시절이 있었을 테니 이해하며 들어 줄지도 모르지." 노인이 말했다.

"위대한 시슬러의 아버지는 한 번도 가난했던 적이 없었대요. 그리고 그 사람은, 그 아버지 말이에요… 제 나이 때 벌써 메이저리그에서 경기를 하고 있었거든요."

"나는 네 나이 때 가로돛을 단 범선에서 선원 노릇을 했지. 아프리카까지 항해하는 배였는데, 저녁 무렵이면 해안을 따라 어슬렁거리는 사자들을 보곤 했어."

"알아요. 언젠가 얘기해 주셨잖아요."

"아프리카 이야기를 할까, 야구 이야기를 할까?"

"야구 이야기가 좋겠어요. 위대한 존 호타 맥그로에 대해 얘기해주세요." 소년이 말했다. 소년은 J를 '호타'라고 발음했다.

"맥그로 선수도 이따금씩 테라스에 오곤 했지. 하지만 술만 들어가면 난폭해지고 입이 거칠어져서 다루기 힘든 친구였어. 그는 야구만큼이나 경마에도 정신이 팔려 있었지. 언제나 주머니에 경주마 명단을 넣고 다니면서 전화에 대고 말 이름을 불러대곤 하더구나."

"그는 뛰어난 감독이었잖아요. 우리 아버지는 그를 최고라고 생각해요."

"그건 맥그로가 이곳에 제일 많이 왔기 때문일 거다. 만약 듀로서(메이저리거로 활약했고 은퇴 후 감독으로 명성을 떨침)가 매년 이곳에 왔다면 네 아버진 아마 그를 제일 훌륭한 감독이라고 생각했을걸." 노인이 말했다.

"그럼 정말 제일 훌륭한 감독은 누군가요? 루케인가요, 아니면 마이크 곤살레스(루케와 곤살레스는 메이저리거 출신으로 나중에 쿠바로 돌아와 감독으로 활동했다)인가요?"

"내 생각엔 둘 다 고만고만해."

"하지만 최고의 어부는 바로 할아버지죠."

"아니다. 난 나보다 뛰어난 어부들을 많이 알고 있으니까."

"케바!(스페인어 감탄사. '천만에요' '그럴 리가'라는 뜻) 물고기를 잘 잡는 어부는 많이 있고, 아주 훌륭한 어부도 더러 있죠. 하지만 할아버지에 비길 만한 사람은 아무도 없어요."

"고맙구나. 넌 날 기쁘게 해 주는구나. 부디 우리 생각이 틀렸다는 걸 증명할 정도로 너무 큰 물고기가 걸리지는 않았으면 좋겠어."

"할아버지 말씀대로 전처럼 여전히 기운이 넘치신다면 그렇게 대단한 물고기가 어디 있겠어요."

"생각만큼 힘이 남아 있지 않을지도 모르지. 하지만 난 요령을 알고 있으니까. 배짱도 아직은 두둑하고 말이야." 노인이 말했다.

"자, 이젠 주무셔야 해요, 내일 아침에 기운차게 나가시려면. 저는 그릇을 테라스에 돌려주어야겠어요."

"그럼 잘 자거라. 내가 아침에 깨워주마."

"할아버진 제 자명종 같아요." 소년이 말했다.

"나이가 자명종인거지. 그런데 늙은이들은 어째서 그렇게 일찍 잠에서 깨는 걸까? 하루를 좀 더 길게 보내려고?"

"모르겠는데요. 제가 아는 건 아이들은 늦도록 곤하게 잠을 잔다는 것뿐이에요." 소년이 대답했다.

"그래, 나도 그랬던 것 같아. 아침에 늦지 않게 깨워주마." 노인이 말했다.

"우리 배 주인아저씨가 와서 깨우는 건 왠지 싫어요. 마치 제가 못난 녀석처럼 느껴지거든요."

"네 기분을 알 것 같구나."

"그럼 안녕히 주무세요, 할아버지."

소년은 밖으로 나갔다. 두 사람은 그동안 등불도 없는 식탁에 앉아 식사를 했고, 노인은 어둠속에서 바지를 벗고 침대로 향했다. 그는 바지에 신문을 끼워 둘둘 말아 베개로 삼고는 담요를 몸에 두른 뒤 침대에 누웠다. 용수철 위에 헌 신문들을 깔아놓은 침대였다.

노인은 금세 잠이 들었다. 그는 아직 소년이었던 시절 가봤던 아프리카 꿈을 꾸었다. 황금빛으로 빛나는 긴 해안선,

눈이 부시도록 새하얀 해변, 그리고 높이 솟아 있는 곳, 우뚝 솟은 거대한 갈색 산들이 꿈에 나타났다. 요즈음 들어 그는 매일 밤마다 그곳 해안을 따라 배를 타고 항해하는 꿈을 꾸었고, 포효하는 파도소리를 들었고, 파도를 헤치며 다가오는 원주민 배들도 보았다. 그는 잠을 자면서도 갑판에서 풍기는 타르 냄새와 뱃밥 냄새를 맡았고, 아침이면 육지의 산들바람에 실려 오는 아프리카 대륙의 냄새를 맡았다.

여느 때 같으면 노인은 뭍에서 불어오는 산들바람 냄새를 맡으며 잠에서 깨어나 옷을 입고 소년을 깨우러 가곤 했다. 그러나 오늘 밤은 뭍에서 불어오는 산들바람 냄새가 아주 일찍 풍겨왔다. 꿈결에도 아직은 너무 이른 시간이라는 걸 깨닫고 그는 계속해서 꿈속에 머물렀다. 그 꿈속에서 바다 위로 솟아오른 섬들의 하얀 산봉우리들이 보였다. 그리고 이어서 카나리아 군도의 여러 항구와 정박지들이 나타났다.

노인의 꿈에는 이제 폭풍우도, 여자도, 큰 사건도, 큰 물고기도, 싸움이나 힘 겨루기 대회도, 그리고 죽은 아내도 더 이상 나타나지 않았다. 오직 이런저런 장소들과 해변을 어슬렁거리는 사자들 꿈만 꾸었다. 사자들은 황혼 속에서 새끼 고양이들처럼 뛰어놀았다. 그는 소년을 사랑하는 만큼이나 이 사자들을 사랑했다. 소년을 꿈에서 본 적은 한 번도 없었다. 노인은 문득 잠에서 스르르 깨어나 열린 창문 밖에 떠 있는 달을 바라보다가 베고 자던 바지를 펴서 다리에 꿰었다. 그리고 오두막을 나서 오줌을 누고는 소년을 깨우기 위해 길을 따라 올라갔다. 노인은 차가운 새벽 공기에 오들오들 떨었다. 하지만 그렇게 떨다보면 조금씩 몸이 훈훈해질 것이고 곧 바다에서 노를 젓느라 몸이 더워지리라는 걸 알고 있었다.

소년이 살고 있는 집은 문을 잠가 놓지 않아서 노인은 맨발로 조용히 문을 열고 안으로 들어갔다. 소년은 첫 번째 방 간이침대에서 자고 있었다. 기울어가는 달빛이 비쳐들어 노인은 소년을 똑똑히 알아볼 수 있었다. 노인은 소년의 한쪽 발을 살며시 잡은 채 가만히 기다렸다. 이윽고 소년이 눈을 뜨면서 노인을 쳐다보았다. 노인이 고개를 끄덕이자 소년은 침대 옆에 놓인 의자에서 바지를 끌어당겨 침대에 앉은 채로 입었다.

노인이 밖으로 나가자. 소년도 그의 뒤를 따랐다. 노인이 아직 졸음을 떨치지 못한 소년의 어깨를 감싸며 말했다. "미안하구나."

"케바! 사내라면 이만한 일쯤은 해야죠." 소년이 대답했다.

두 사람은 노인의 오두막으로 이어진 길을 따라 내려갔

다. 각자 자기 배의 돛대를 멘 맨발의 사내들이 어두컴컴한 길을 따라 줄지어 걸어가고 있었다.

노인의 오두막에 도착하자 소년은 둘둘 말아 바구니에 넣어둔 낚싯줄, 작살, 갈고리를 집어 들었고 노인은 돛이 감긴 돛대를 어깨에 메었다.

"커피 드시겠어요?" 소년이 물었다.

"이것들을 먼저 배에 실어놓고 마시자꾸나."

두 사람은 어부들을 상대로 아침 일찍 문을 여는 식당에서 연유 깡통에 담긴 커피를 마셨다.

"할아버지, 어젯밤엔 잘 주무셨어요?" 소년이 물었다. 아직 졸음을 떨쳐버리는 게 쉽지는 않았지만 이젠 거의 정신이 들기 시작한 터였다.

"아주 잘 잤다, 마놀린. 오늘은 왠지 자신감이 생기는구나." 노인이 대답했다.

"저도 그래요, 할아버지. 그럼 전 할아버지랑 제가 쓸 정어리, 그리고 할아버지의 싱싱한 미끼를 가져와야겠어요. 저희 주인아저씨는 절대 어구를 다른 사람에게 맡기지 않고 직접 나르거든요." 소년이 말했다.

"우린 다르지. 난 네가 다섯 살 때부터 나르게 했으니까." 노인이 말했다.

"맞아요." 소년이 대답했다. "금방 돌아올게요. 커피 한

잔 더 들고 계세요. 이 집에선 외상을 할 수 있거든요."

소년은 맨발로 산호암이 깔린 길을 따라 미끼물고기를 맡겨놓은 얼음 창고를 향해 걸어갔다.

노인은 천천히 커피를 마셨다. 이것이 하루 종일 입에 대는 유일한 음식이므로 마셔두어야 했다. 노인은 벌써 오래 전부터 먹는 일이 귀찮아져서 점심을 싸 가는 법이 없었다. 물 한 병만 뱃머리에 놓아 두면 그것으로 충분히 하루를 견딜 수 있었다.

소년이 정어리와 신문지에 싼 미끼 두 뭉치를 들고 돌아왔다. 두 사람은 발바닥으로 자갈 섞인 모래의 감촉을 느끼면서 오솔길을 따라 노인의 조각배가 있는 곳으로 내려갔다. 그리고 배를 들어서 바닷물에 밀어 넣었다.

"행운을 빌어요, 할아버지!"

"그래, 너도." 노인이 말했다. 그는 노를 잡아매는 밧줄을 노걸이 못에 끼워 묶었다. 그리고 몸을 앞으로 구부리고 노로 물을 힘껏 밀쳐내며 어둠을 뚫고 항구 밖으로 배를 저어가기 시작했다. 다른 해안에서 온 배 몇 척이 이미 바다를 향해 노를 저어가고 있었다. 달이 언덕 너머로 진 뒤여서 배들이 보이지는 않았지만 그들이 노를 젓는 소리가 노인의 귀에 들려왔다. 이따금 누군가 배에서 이야기를 나누는 소리가 들려오기도 했다. 그러나 대부분의 배들은 노 젓

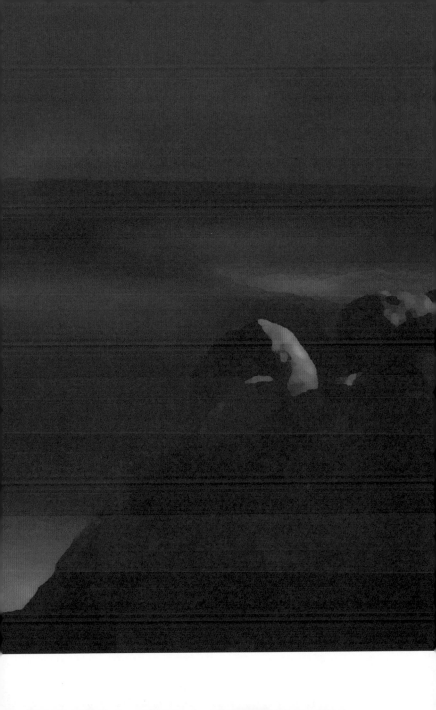

는 소리를 빼면 조용했다. 배들은 항구 어귀를 빠져나간 뒤 뿔뿔이 흩어져 물고기를 잡으려는 곳을 향해 나아갔다. 오늘은 먼바다까지 나가볼 생각이어서 노인은 뭍 냄새를 뒤로 하고 싱그러운 새벽 바다 냄새 속으로 노를 저어 나갔다. 어부들이 '큰 우물'이라고 부르는 곳을 지나갈 때 노인은 물속에서 모자반속 해조(멕시코 만에서 주로 자라는 해조)가 인광을 뿜어내는 것을 보았다. 수심이 갑자기 1300미터 이상 깊어져서 어부들이 큰 우물이라고 부르는 그곳은 해류가 해저의 가파른 절벽에 부딪혀서 생기는 소용돌이 때문에 온갖 종류의 물고기들이 떼를 지어 모여들었다. 작은 새우와 미끼용 물고기들이 떼를 지어 모여 있는가 하면, 때로는 깊은 구멍 속에 오징어 떼가 모여들기도 했다. 그리고 밤이 되면 수면 가까이 올라와 떠돌아다니던 큰 물고기들의 먹잇감이 되었다.

어둠속에서 노인은 아침이 밝아오는 걸 느낄 수 있었다. 노를 저으면서도 날치가 수면 위로 날아오르면서 내는 부르르 떠는 소리라든가, 빳빳하게 세운 날개로 어둠속을 날면서 공기를 가르는 쉿쉿 소리를 들을 수 있었다. 그는 날치를 매우 좋아했다. 날치를 바다에서 만나는 가장 친한 친구로 생각했다. 그러나 새들은 가엾다고 생각했다. 늘 먹이를 찾아 날아다니지만 허탕을 치기 일쑤인 작고 가냘프고

까만 제비갈매기를 특히 불쌍하게 여겼다. 노인은 생각했다. 새는 우리보다 더 고달픈 삶을 살고 있구나. 도둑갈매기나 크고 강한 새들을 빼곤 말이야. 바다가 이렇게 잔인할 수도 있는데, 어쩌자고 저 제비갈매기처럼 가냘프고 여린 새들을 창조했을까? 바다는 상냥하고 아주 아름답지. 하지만 몹시 잔인해질 수도 있어, 그것도 아주 갑자기. 가냘프고 구슬픈 소리로 울며 날아가다가 수면에 주둥이를 처박으며 먹이를 찾는 저 새들은 바다에서 살아가기에는 너무나도 연약하게 만들어졌지.

노인은 언제나 바다를 '라 마르la mar'라고 생각했다. 이것은 이곳 사람들이 애정을 가지고 바다를 부를 때 사용하는 스페인 말이었다. 물론 바다를 사랑하는 사람들도 이따금 바다를 나쁘게 말할 때가 있긴 하지만 그럴 때조차 바다를 여자인 것처럼 여기며 불렀다. 젊은 어부들 가운데 몇몇, 찌 대신 부표를 낚싯줄에 매달아 사용하는, 상어 간으로 한창 벌이가 좋을 때 모터보트를 사들인 부류들은 바다를 남성형인 엘 마르el mar라고 불렀다. 그들은 바다를 경쟁자, 일터, 심지어 적대자인 것처럼 불렀다. 하지만 노인은 언제나 바다를 여성으로 생각했으며, 큰 호의를 베풀어주기도 하고 빼앗기도 하는 어떤 존재로 생각했다. 만약 바다가 사납게 굴거나 재앙을 끼치는 일이 있어도 그것은 바다로서도 어쩔 수 없는 일이려니 생각했다. 달이 여자에게 영향을 끼치는 것처럼 바다 또한 그렇다고 노인은 생각했다.

노인은 쉬지 않고 꾸준히 노를 저었다. 무리하게 속도를 내려고 하지도 않았다. 이따금씩 해류가 소용돌이치는 것을 제외하고는 수면이 잔잔했기에 그다지 힘이 들지도 않았다. 그는 배를 움직이는 힘의 삼분의 일을 해류에 맡겨 두고 있었다. 날이 환하게 밝아오기 시작할 무렵 그는 시간에 비해 생각했던 것보다 꽤 멀리까지 나와 있다는 것을 깨달았다.

일주일 동안 깊은 우물 부근을 돌아다녔지만 한 마리도 잡지 못했지, 하고 노인은 생각했다. 오늘은 가다랑어나 날개다랑어 떼가 몰려 있는 곳으로 나가봐야겠어. 어쩌면 그놈들 사이에 큰놈이 있을지도 모르지.

날이 완전히 밝기도 전에 노인은 배를 해류를 따라 흘러가도록 내버려 두고는 낚시에 미끼를 끼워 드리웠다. 첫 번째 미끼는 70미터쯤 되는 곳에 내렸고, 두 번째 미끼는 140미터쯤 되는 곳에 그리고 세 번째와 네 번째는 각각 180미터와 230미터나 되는 푸른 물속으로 내렸다. 미끼마다 물고기 대가리가 아래로 향하도록 꿰어 단단히 묶어 놓고, 낚싯바늘의 둥글게 휜 부분과 끝 부분의 갈고리는 싱싱한 정어리로 감싸 매어놓았다. 정어리마다 두 눈알을 낚싯바늘로 꿰어 놓아 마치 튀어나온 강철 막대기 위에 받쳐놓은 반달 모양의 화환처럼 보였다. 큰 물고기가 접근해 입질을 할 때 낚싯바늘의 어느 한곳도 향긋하고 달콤한 냄새와 맛을 풍기지 않는 부분은 없을 터였다.

소년이 준 미끼물고기는 다랑어, 그중에서도 싱싱한 새끼 날개다랑어 두 마리였다. 그것들은 제일 깊게 드리워진 두 개의 낚싯줄에 추처럼 매달았고, 나머지 두 개의 낚싯줄에는 각각 어제 쓰고 남은 큼직한 푸른 전갱이와 갈전갱이 한 마리를 매달았다. 쓰고 남은 것들이었지만 아직 상태가 좋아서 물고기들을 유혹할 만큼 싱싱한 정어리와 함께 매달아 놓았다. 커다란 연필만큼이나 굵은 낚싯줄에는 각각 초록색 칠을 한 막대찌가 묶여 있어서 물고기가 조금이라도 미끼를 건드리거나 잡아당기면 물속으로 끌려들어가도록 되어 있었다. 어느 낚싯줄이나 둘둘 말아 놓은 70미터짜리 밧줄이 두 뭉치씩 달려 있었는데, 다른 예비 밧줄과 연결할 수 있어서 필요하다면 물고기에게 550미터가 넘게 풀어줄 수도 있었다.

노인은 이제 뱃전 너머로 물에 떠 있는 막대찌 세 개가 기우는 걸 지켜보며 낚싯줄이 적당한 수심에서 아래위로 팽팽하게 드리워지도록 가만히 노를 저었다. 이제 날이 제법 밝아져서 금방이라도 해가 솟아오를 것 같았다.

바다 위로 해가 가늘게 얼굴을 드러내자 다른 배들이 보이기 시작했다. 배들은 해안 쪽으로 해류를 가로질러 한참 뒤쳐진 채로 수면에 바짝 붙어 한가롭게 흩어져 있었다. 햇살이 점점 더 밝아지면서 수면 위로 찬란한 빛을 흩뿌리기 시작했다. 그리고 마침내 해가 완전히 모습을 드러내자 잔잔한 수면에 반사된 빛이 몹시도 눈을 따갑게 했다. 노인은 고개를 숙여 반사광을 피하며 노를 저었다. 노인은 바다를 내려다보며 어두운 물속으로 곧게 드리워진 낚싯줄을 바라보았다. 노인은 그 누구보다도 낚싯줄을 똑바로 팽팽하게 드리울 수 있었다. 그렇게 해야만 어두운 해류의 층마다 정확하게 그가 원하는 수심에 미끼를 놓고 그곳으로 지나가는 물고기를 기다릴 수 있기 때문이었다. 다른 어부들은 조류가 흐르는 대로 미끼를 내맡겼고, 그래서 어떤 어부들은 때로 수심 180미터에 미끼를 놓을 생각이었지만 실제로는 110미터밖에 되지 않는 곳에 미끼를 놓아두는 경우도 있었다.

노인은 생각했다. 나는 정확하게 미끼를 드리울 수 있지. 단지 내게 운이 따르지 않았을 뿐이야. 하지만 누가 알겠어. 오늘이라도 운이 트일지. 매일 매일이 새로운 날이니까. 운이 따른다면야 물론 더 좋겠지. 하지만 나는 먼저 빈틈없이 해야만 해. 그래야 운이 찾아올 때 그걸 놓치지 않을 테니까.

해가 떠오른 지도 벌써 두 시간이 지나서 이제는 동쪽으로 시선을 돌려도 그다지 눈이 따갑지 않았다. 주변에 보이는 배는 이제 세 척뿐이었다. 그 배들마저도 멀리 해안 쪽에 나지막하게 떠 있었다.

평생 동안 이른 아침 햇살 때문에 눈이 아파 고생을 해왔지, 하고 노인은 생각했다. 하지만 아직 내 두 눈은 다 멀쩡해. 저녁 해를 똑바로 바라보아도 눈앞이 캄캄해지지 않으니까. 저녁 햇살이 지금 햇살보다 훨씬 더 강한 빛을 내뿜기는 하지만 아침 햇살에는 눈이 따가워.

바로 그때 군함새 한 마리가 검고 길쭉한 날개를 활짝 펴고 앞쪽 하늘에서 맴도는 모습이 보였다. 새는 날개를 뒤로 쭉 젖히고 비스듬하게 수면을 향해 급강하를 하다가 다시 하늘로 솟구쳐 올라 맴돌았다.

"저놈이 뭔가를 찾아낸 모양이로군. 그냥 먹이를 찾는 게 아냐." 노인이 큰소리로 말했다.

노인은 새가 맴돌고 있는 곳을 향해 천천히, 침착하게 노를 저었다. 그는 서두르지 않고 낚싯줄을 위아래로 팽팽하게 드리워지도록 하면서 물고기를 제대로 낚아 올릴 수 있도록 해류 속으로 배를 밀어 넣었다. 물론 새를 이용하지 않고 그냥 물고기를 낚아 올리는 경우보다는 좀 더 빠르게

나아가기는 했다.

새는 다시 공중으로 좀 더 높이 솟아올라 날갯짓을 멈추고 한 바퀴 활공을 하더니 갑자기 수면을 향해 쏘아져 내렸다. 노인은 날치가 물속에서 불쑥 뛰어올라 수면 위를 필사적으로 날아가는 모습을 보았다.

노인이 큰소리로 외쳤다. "만새기다. 커다란 만새기 떼야."

노인은 노를 놋좆에 걸어놓고 뱃머리 아래에서 가는 낚싯줄을 꺼냈다. 그리고 철사 목줄과 중간 크기 낚싯바늘이 달려 있는 낚싯줄에 정어리 한 마리를 미끼로 꿰어 뱃전 너머 바다로 던진 뒤 고물에 있는 고리 달린 나사못에 단단히 묶었다. 노인은 또 다른 낚싯줄에도 미끼를 꿰어서 뱃머리 그늘이 진 곳에 둘둘 말아놓고는 다시 노를 저으며 길쭉한 날개의 군함새가 수면 위로 나지막하게 날면서 물고기를 쫓는 모습을 지켜보았다.

노인이 지켜보는 동안 새는 날치의 뒤를 쫓으며 날개를 뒤로 젖힌 채 수면을 향해 곤두박질 했다. 새는 거칠게 날개를 퍼덕이며 달려들었지만 아무런 소득도 얻지 못했다. 노인은 수면이 약간 부풀어 오르는 것을 보았다. 큰 만새기 떼가 달아나는 날치들을 뒤쫓느라 생긴 것이었다. 만새기들은 날치가 날아가는 바로 밑에서 물살을 가르며 헤엄치다가 날치들이 수면으로 떨어지는 순간 전속력으로 그곳을 향해 돌진하곤 했다. 굉장히 큰 만새기 떼로군, 하고 노인은 생각했다. 녀석들이 넓게 퍼져 있어서 날치들이 살아남을 가망성은 거의 없겠군. 새도 헛수고만 하겠어. 녀석에게는 날치가 너무 큰 먹잇감인데다 너무 빠르거든.

노인은 날치가 계속해서 수면 위로 뛰어오르는 모습과 새의 헛된 동작을 지켜보았다. 그는 생각했다. 저 만새기 떼는 잡을 수 없겠군. 놈들은 너무 빨리 그리고 너무 멀리 달아나고 있어. 하지만 뒤처진 한두 마리는 잡을 수 있을지도 모르지. 어쩌면 내가 잡고 싶은 물고기가 그놈들 근처에 있을지도 모르고. 내가 찾는 큰 물고기가 그 근처 어딘가에 틀림없이 있을 거야.

육지에서는 이제 구름이 마치 산과 같은 모습으로 뭉게뭉게 피어올랐고, 해안은 회색빛이 도는 푸르스름한 능선을 배경으로 한 가닥 초록색 띠처럼 보일 뿐이었다. 바닷물은 이제 거의 보랏빛에 가까울 정도로 검푸른 빛을 띠었는데, 짙푸른 물속에는 체로 거른 듯 넓게 퍼진 플랑크톤이 빨갛게 떠 있고, 비쳐든 햇빛으로 인해 이상야릇한 빛깔을 띠고 있었다. 노인은 낚싯줄이 물속 깊이 곧고 팽팽하게 드리워졌는지 살펴보았다. 플랑크톤이 많은 것을 보고 노인은 기분이 좋았다. 그건 물고기가 모여든다는 것을 뜻

했기 때문이다. 해가 한층 더 높이 떠오른 지금 햇빛이 물속에 그렇게 묘한 광선을 드리우는 것은 날씨가 좋을 거라는 징조였다. 육지의 구름 모양 역시 같은 의미였다. 하지만 이제 군함새는 거의 자취를 감추었고, 바다 위로는 아무것도 보이지 않았다. 햇살을 받아 노랗게 바랜 모자반속 해조 몇 덩어리, 젤라틴 모양을 한 고깔해파리의 끈적끈적한 보랏빛 기포가 무지개 빛깔로 반짝이며 조각배 바로 곁에서 둥실둥실 떠 있을 뿐이었다. 고깔해파리는 몸체를 옆으로 뒤집었다가 다시 곧추섰다 했다. 해파리는 치명적인 독을 가지고 있는, 일 미터 가까운 자줏빛 촉수를 물속으로 길게 늘어뜨린 채 마치 비눗방울처럼 유유히 둥실둥실 떠다니고 있었다.

"아구아 말라(해파리를 가리키는 스페인어로 '해로운 물'이라는 뜻)로군. 갈보 년 같으니." 노인이 내뱉었다.

노인은 노에 기대 가볍게 흔들리면서 물속을 내려다보았다. 길게 꼬리를 늘어뜨린 해파리의 촉수와 떠다니는 해파리가 만드는 조그만 그늘 밑에서 같은 색깔을 가진 작은 물고기들이 헤엄치는 모습이 보였는데, 이런 물고기들은 고깔해파리의 독에 면역이 되어 있었다. 하지만 사람은 그렇지 못했다. 그래서 촉수 일부가 낚싯줄에 걸려 보랏빛 끈끈이처럼 달라붙어 있다가 물고기를 낚아 올릴 때 살갗에 닿기라도 하면 독담쟁이덩굴이나 옻나무를 만졌을 때처럼 손과 팔에 두드러기와 발진이 생기곤 했다. 특히 이 아구아말라의 독은 아주 빨리 퍼지는데다 채찍으로 얻어맞은 자국처럼 부풀어 오른다.

무지갯빛 비눗방울 같은 모습의 이 해파리들은 아름다웠다. 하지만 바다에서 가장 위선적인 존재이기도 했다. 노인은 커다란 바다거북들이 그것들을 잡아먹는 모습을 보면 기분이 좋았다. 바다거북은 이 해파리를 발견하면 몸을 완전히 등껍질 속으로 숨기고 눈을 딱 감은 채 정면으로 달려들어 촉수고 뭐고 남김없이 다 먹어치우곤 했다. 노인은 그렇게 해파리를 잡아먹는 바다거북의 모습을 보는 걸 좋아했고, 또 폭풍우가 지나간 뒤 해변으로 밀려온 해파리를 밟으며 걷는 걸 좋아했다. 뿔처럼 딱딱하게 굳은 발뒤꿈치로 놈들을 밟을 때 퍽퍽 터지는 소리를 들으면 기분이 좋았다.

노인은 녹색바다거북과 대모거북을 특히 좋아했는데, 우아하고 재빠른데다 값이 아주 많이 나가기 때문이었다. 반면에 등갑주가 누렇고 교미하는 모습이 괴상하며 눈을 감은 채 만족스러운 듯이 고깔해파리들을 먹어치우는, 우둔하고 덩치 큰 왕바다거북에 대해서는 친밀감과 함께 경멸감도 품고 있었다.

노인은 여러 해 동안 바다거북잡이 배를 타고 다닌 적이 있지만 바다거북에 대해서는 아무런 신비감도 없었다. 그는 그것들을 모두 안쓰럽게 여겼다. 몸통 길이가 노인의 조각배만큼이나 크고 무게가 일 톤이나 나가는 그 거대한 장수거북조차도 안쓰러웠다. 사람들은 대부분 바다거북을 그냥 무정하게 다루는데, 왜냐하면 거북의 심장은 칼로 몸을 잘라 도살하고 난 뒤에도 몇 시간 동안이나 멈추지 않고 뛰기 때문이다. 하지만 노인은 나도 저런 심장을 가지고 있고 내 손과 발도 거북의 것과 다를 바 없어, 하고 생각했다. 그는 기력을 얻으려고 바다거북의 흰 알을 먹었다. 5월 한 달 내내 먹었는데, 9월과 10월이 되어 정말로 큰 물고기를 잡을 때 충분히 힘을 쓰기 위해서였다.

노인은 또한 많은 어부들이 어구를 맡겨두는 창고의 큰 드럼통에서 매일 상어 간유를 한 컵씩 받아 마셨다. 원하는 사람은 누구나 마실 수 있도록 그곳에 놓아둔 간유였다. 대부분의 어부들은 그 맛을 끔찍이도 싫어했다. 하지만 매일 아침 일찍 일어나야 하는 일보다는 견디기 쉬운 맛이었고, 각종 감기나 독감에 효과가 아주 좋은데다 또 눈에도 좋았다.

노인이 문득 고개를 들어 하늘을 보니 군함새가 다시 원을 그리며 맴돌고 있었다.

"녀석이 물고기를 찾았구나." 노인이 큰소리로 말했다.

이제는 날치가 수면을 차고 오르지도 않았고, 먹잇감이 되어 쫓기며 흩어지는 작은 물고기들도 보이지 않았다. 하지만 노인이 지켜보는 동안 작은 다랑어 한 마리가 공중으로 솟구쳐 오르더니 한 바퀴 빙그르 돌고는 물속으로 대가리를 처박으며 떨어졌다. 다랑어는 햇살을 받아 은빛으로 빛났다. 그 다랑어가 물속으로 떨어지고 난 뒤 또 한 마리가 뛰어올랐고, 이어서 사방팔방에서 다랑어들이 마구 뛰어오르기 시작하더니 수면을 온통 휘저어대며 먹잇감을 쫓았다.

저 놈들이 저렇게 빨리 달리지만 않는다면 따라잡을 수 있을 텐데, 하고 노인은 생각했다. 그는 다랑어 떼가 수면에 하얀 물거품을 일으키는 것과 겁에 질려 꼼짝없이 수면으로 내몰린 작은 물고기들을 노리는 군함새가 물속으로 뛰어들며 주둥이를 첨벙 담그는 모습을 지켜보았다.

노인이 말했다. "군함새는 큰 도움이 되지." 바로 그때 고리를 지어 밟고 있던 고물 쪽의 낚싯줄이 팽팽하게 당겨졌다. 노인은 노를 놓고는 줄을 꽉 쥔 채 몸 쪽으로 끌어당기기 시작했다. 낚싯줄을 통해 부르르 떨며 버티는 작은 다랑어의 무게가 느껴졌다. 줄을 당길수록 팽팽하게 버티며 진동하는 낚싯줄의 느낌이 점점 더 강해졌다. 그리고 잠시 후 물속에서 다랑어의 푸른 등과 금빛 옆구리가 보였다. 노인은 줄을 힘껏 잡아당겨 다랑어를 뱃전으로 끌어올렸다. 단단하고 총알처럼 생긴 몸집을 가진 그놈은 햇빛을 받으면서 고물 쪽에 벌렁 드러누웠다. 다랑어는 크고 멍한 두 눈알을 동그랗게 부릅뜬 채 쭉 뻗은 날렵한 꼬리로 사력을 다해 배 바닥을 세차게 내리치며 요동을 쳤다. 노인은 친절하게도 단번에 죽여 고통을 줄여주기 위해 다랑어의 머리를 힘껏 내리쳤다. 그리고 아직 떨고 있는 다랑어를 발로 차서 그늘진 뱃고물 아래쪽으로 옮겼다.

노인이 큰소리로 말했다. "날개다랑어로군. 훌륭한 미끼가 되겠어. 4.5킬로그램은 족히 넘겠군."

노인은 자신이 언제부터 이렇게 큰소리로 혼잣말을 하기 시작했는지 기억나지 않았다. 옛날에 혼자 있을 때 노래를 불렀던 기억은 있다. 스맥 선(활어를 운반할 수 있는 어선)이나 거북잡이 배에서 밤 당번이 되어 혼자 키를 잡고 있을 때면 이따금 노래를 부르곤 했다. 아마도 이렇게 혼자 큰소리로 말하기 시작한 것은 소년이 떠나고 난 뒤부터가 아닌가 싶었다. 하지만 확실한 기억은 나지 않았다. 소년과 함께 고기잡이를 할 때 두 사람은 대개 필요할 때만 이야기를 했다. 폭풍우로 날씨가 나빠 물고기 잡이를 나가지 못할 때나 밤이 되면 이야기를 주고받았지만 바다에서는 쓸데없이 이야기를 하지 않는 것을 미덕으로 여겼기 때문에 노인도 항상 그렇게 생각하면서 지켰다. 그러나 이젠 아무도 귀찮아 할 사람이 없었으므로 그는 자주 자신의 생각을 큰소리로 지껄여대곤 했다.

"만약 이렇게 큰소리로 혼자 지껄이는 걸 들으면 사람들은 내가 미쳤다고 생각하겠지. 하지만 난 미치지 않았으니까 괜찮아. 돈이 있는 사람들은 배로 라디오를 가지고 와서 이야기도 듣고 야구 중계를 듣기도 하겠지만 말이지." 노인이 큰소리로 말했다.

지금은 야구 생각을 할 때가 아니야, 하고 노인은 생각했다. 지금은 오직 하나만 생각할 때야. 내 본업인 물고기 잡이만 생각해야 해. 저 다랑어 떼 주변에 큰 물고기가 있을지 몰라. 난 먹이를 쫓는 다랑어 떼 가운데 뒤처진 놈 하나를 낚았을 뿐이야. 다랑어 떼는 모두 빠르게 멀리로 이동하고 있어. 오늘따라 수면에 보이는 것들은 모두가 아주 빠르게, 북동쪽으로 이동해가는군. 지금이 하루 중 바로 그럴 때인가? 아니면 내가 모르는 날씨의 어떤 조짐인가?

초록색 띠처럼 보이던 해안은 이제 자취를 감추었고, 희끄무레한 산 봉우리들이 마치 머리에 눈을 이고 있는 듯 하얗게 고개를 내밀고 있었다. 그리고 그 위로 우뚝 솟은 설산처럼 뭉게 구름이 피어올라 있었다. 바다는 아주 짙은 검푸른 색이었고, 햇빛이 수면에 반사되며 무지갯빛으로 부서졌다. 무수히 밀집한 반점처럼 떠 있던 플랑크톤 떼는 높이 내리쬐는 햇빛을 받아 모두 사라져버렸다. 이제 노인의 눈에 보이는 거라곤 무지갯빛 광채를 반사하는 깊고 넓은 짙푸른 바다와 1,500미터가 넘는 깊은 바닷속으로 곧게 드리워진 낚싯줄뿐이었다.

다랑어 떼는 물속으로 사라지고 없었다. 어부들은 이런 종류의 물고기들을 모두 다랑어라고 불렀고, 팔거나 미끼용 물고기 등과 교환할 때만 구분해서 본래의 이름으로 불렀다. 이제는 해가 뜨겁게 내리쬐어 노인은 뒷덜미에 뜨거운 햇빛을 느꼈고, 노를 저을 때 등을 타고 땀방울이 줄줄 흘러내렸다.

물결에 배를 맡기고 눈을 좀 붙여도 되겠지. 낚싯줄 고리를 발가락에 걸어놓으면 곧바로 깰 수 있어. 그나저나 오늘은 85일 째가 되는 날이니, 뭔가 제대로 된 물고기를 잡아야 할 텐데, 하고 노인은 생각했다.

바로 그때였다. 낚싯줄을 지켜보던 노인의 눈에, 수면 위로 삐죽 나와 있던 초록색 막대찌 하나가 물속으로 홱 끌려 들어가는 게 보였다.

"옳거니." 노인이 말했다. "그렇지." 노인은 노가 배에 부딪치지 않도록 조심스럽게 거두어 올려놓았다. 그는 낚싯줄을 향해 팔을 뻗어 오른손 엄지손가락과 집게손가락으로 살며시 줄을 잡았다. 잡아당기는 힘이나 무게가 전혀 느껴지지 않아서 노인은 줄을 가볍게 쥔 채 기다렸다. 그러자 곧 느낌이 다시 왔다. 이번에도 시험 삼아 한번 물어보는 듯한 느낌이었다. 노인은 그게 뭘 뜻하는지 정확히 알고 있었다. 180미터나 되는 물속에서 청새치 한 마리가 낚싯바늘의 뾰족한 끝과 중간 부분을 덮고 있는 정어리를 뜯어 먹고 있는 것이다. 그리고 그 속에는 노인이 직접 만든 낚싯바늘이 작은 다랑어 대가리로부터 불쑥 나와 있었다.

노인은 조심스럽게 낚싯줄을 잡고는 왼손으로 살며시 줄에서 막대찌를 풀어냈다. 이젠 물고기가 아무런 저항도 느끼지 못하도록 하면서 손가락 사이로 줄을 풀어줄 수 있었다.

노인은 생각했다. 이렇게 먼바다인데다, 계절상으로도 굉장히 큰 놈임에 틀림없어. 물고기야, 정어릴 물어라. 참으로 싱싱한 정어리잖니. 180미터나 되는 거기 깊고 차갑고 깜깜한 물속에 있는 네게 얼마나 맛있는 먹이냐. 깜깜한 물속을 한 바퀴 다시 돌고 와서 어서 정어릴 물거라.

노인은 가볍고 조심스러운 입질을 느꼈다. 그런 다음 좀더 세찬 입질이 가해졌다. 정어리 대가리를 바늘에서 뜯어내기가 보기보다 힘들었음에 틀림없다. 그러고 나서는 아무런 움직임도 없었다.

"자, 자!" 노인이 큰소리로 말했다. "어서 한 바퀴 돌고 다시 와. 냄새만 한번 맡아보렴. 군침이 돌지 않니? 어서 정어릴 맛있게 먹으렴. 다음에는 다랑어가 있어. 살이 단단하고 신선하고 맛좋은 다랑어 말이다. 자, 망설이지 마. 물고기야, 어서 달려들어 삼키라고."

노인은 엄지와 집게손가락으로 낚싯줄을 쥔 채 가만히 지켜보며 기다렸다. 동시에 다른 낚싯줄에서도 눈을 떼지 않았다. 물고기가 위나 아래로 헤엄쳐 옮겨갈 수도 있었기 때문이다. 그때, 아까처럼 미끼를 건드리는 조심스러운 입질이 다시금 느껴졌다.

"이번엔 확실히 물 거야. 하느님, 놈이 미끼를 물도록 해주소서." 노인이 큰소리로 말했다.

하지만 물고기는 물지 않았다. 녀석은 그냥 가버렸고, 낚싯줄에서는 아무것도 느껴지지 않았다.

"녀석이 가버렸을 리 없어. 절대 그냥 가버렸을 리 없어. 한 바퀴 돌고 있을 거야. 아마 예전에 낚싯바늘에 걸린 적이 있어서 그때 일을 기억하고 있는지도 모르지."

그때 가볍게 건드리는 입질이 낚싯줄에 느껴졌다. 노인은 기분이 좋았다.

"그래, 한 바퀴 돌고 오느라고 그런 것뿐이었어. 이번엔 물 거야."

가볍게 당기는 힘이 느껴지자 노인은 기뻤다. 다음 순간 노인은 뭔가 거세고 믿을 수 없을 만큼 무거운 힘이 느껴졌다. 그건 분명 물고기의 무게였다. 노인은 줄을 풀었다. 둘둘 감아 두 뭉치로 나눠놓았던 예비 낚싯줄 중 하나를 계속해서 풀어주었다. 엄지와 집게손가락으로 거의 감지되지 않을 정도로 살며시 줄을 쥐고 있었지만 줄이 손가락 사이로 미끄러지듯 가볍게 풀려나갈 때 노인은 여전히 물고기의 엄청난 무게를 느낄 수 있었다.

노인이 말했다. "이거 굉장한 놈인데! 이 녀석 지금 미끼를 가로로 문 채로 달아나고 있어."

노인은 생각했다. 한 바퀴 돌고는 미끼를 삼키겠지. 그는 이 생각만은 소리를 내서 말하지 않았다. 좋은 일을 미리 입 밖에 꺼냈다가는 한순간 날아가 버릴 수도 있다는 걸 잘 알고 있었기 때문이다. 노인은 녀석이 엄청나게 큰 물고기임을 직감했다. 주둥이에 다랑어를 비스듬히 문 채 어두운 바닷속을 헤엄쳐가는 녀석의 모습이 머릿속에 그려졌다. 순간 녀석이 멈추는 게 느껴졌다. 하지만 녀석의 무게는 여전히 느껴졌다. 그러다가 다시 무게가 좀 더 세게 느껴졌고, 노인은 즉시 줄을 더 풀어주었다. 그러고는 줄을 쥔 엄지와 집게손가락에 한순간 힘을 주었다. 그러자 무게가 좀 더 세게 느껴지더니 곧장 아래로 끌려가는 듯한 느낌이 들었다.

노인이 말했다. "놈이 미끼를 확실히 물었어. 자, 이제는 잘 삼키도록 해 줘야지."

노인은 손가락 사이로 줄이 미끄러져나가게 하면서 한편으로 왼손을 뻗어, 두 뭉치로 나눠 감아놓은 여분의 줄 끝에 고리를 만들어 단단히 묶었다. 이제 준비가 다 끝났다. 지금 사용하고 있는 한 뭉치의 줄 말고도 70미터짜리 예비 낚싯줄을 세 뭉치나 더 갖고 있는 것이다.

노인이 말했다. "좀 더 삼키시지. 꿀꺽 삼켜." 그리고 생각했다. 바늘 끝이 네 심장에 박혀서 목숨을 끊어놓도록, 자, 어서 꿀꺽 삼키거라. 힘들게 하지 말고 곧바로 올라오도록 해. 작살을 네 몸속에 푹 찔러 넣게. 그래, 좋아. 이제 준비됐지? 이제 먹을 만큼 충분히 먹었겠지?

"자!" 노인이 큰소리로 말하고는 두 손으로 줄을 힘차게 잡아당겨 1미터 정도 끌어올리고 나서 또다시 두 팔의 힘과 온몸의 무게를 실어 팔을 번갈아 내밀면서 낚싯줄을 힘껏 당기고 또 당겼다.

아무런 반응도 없었다. 물고기는 계속해서 천천히 달아나고 있었고, 노인은 녀석을 한 치도 끌어올릴 수 없었다. 낚싯줄은 큰 물고기를 잡기 위해 만들어진 것이어서 튼튼했다. 노인은 물방울이 구슬처럼 튕길 만큼 팽팽하게 당겨 낚싯줄을 등에다 감았다. 낚싯줄은 물속에서 천천히 쉿쉿

하는 소리를 내기 시작했다. 노인은 노를 저을 때 앉는 가로장에 의지해 몸을 뒤로 젖힌 채 물고기가 당기는 힘에 맞서며 낚싯줄을 잡고 단단히 버텼다. 배는 북서쪽으로 천천히 방향을 틀면서 움직이기 시작했다.

물고기는 한결같은 속도로 헤엄을 쳐갔다. 노인과 배도 물고기에 끌려 잔잔한 바다 위를 천천히 움직였다. 다른 미끼들이 아직 물속에 그대로 드리워져 있었지만 달리 손쓸 도리가 없었다.

"그 애가 있었으면 좋으련만. 물고기에게 끌려가는 처지가 돼버렸군. 밧줄걸이 신세가 된 채로 말이야. 줄을 배에 매어놓을 수도 있겠지만 놈이 줄을 끊고 도망을 가버릴 수 있단 말이야. 있는 힘껏 놈을 붙들고 있으면서 놈이 줄을 당길 때 적당히 풀어줘야 해. 놈이 바다 밑으로 내려가지 않고 옆으로 움직이는 것만도 천만다행이지." 노인이 큰 소리로 말했다.

하지만 놈이 바닷속으로 내려가기로 작정하면 어떻게 한담? 글쎄, 모르겠어. 또 놈이 바닥으로 내려가서 죽어버린다면 어떡하지? 글쎄, 그것도 모르겠어. 하지만 뭔가 방도가 있을 거야. 할 수 있는 일은 충분히 많으니까.

노인은 여전히 낚싯줄을 등에다 걸친 채 물속으로 비스듬히 꽂혀 이어진 줄을 지켜보았다. 배는 꾸준히 북서쪽으로 이동하고 있었다.

노인은 생각했다. 이러다가 놈은 죽을 거야. 놈이 언제까지나 이렇게 버틸 수는 없어.

하지만 네 시간이 지난 뒤에도 물고기는 여전히 배를 끌며 먼바다로 계속 헤엄쳐 나가고 있었고, 노인도 여전히 줄을 등에다 감은 채 꿋꿋이 버티고 있었다.

"놈이 걸려든 때가 정오 무렵이었지. 그런데 아직 녀석의 낯짝도 구경하지 못했단 말이야." 노인이 말했다.

물고기가 걸려들기 전에 밀짚모자를 머리에 깊숙이 눌러 쓰고 있던 탓에 노인은 이마가 쓰리고 아팠다. 목도 말랐다. 노인은 무릎을 꿇고 줄이 갑자기 당겨지지 않도록 조심하면서 최대한 뱃머리 쪽으로 기어가서 손을 뻗어 물병을 집어 들었다. 그리고 마개를 열어 물을 조금 마신 다음 뱃머리에 몸을 기대고 쉬었다. 노인은 바닥에 눕혀놓은, 돛이 감긴 돛대 위에 앉아 휴식을 취하며 버텨내는 일 말고는 아무런 생각도 하지 않으려 했다.

그러다 문득 노인은 뒤를 돌아다보았다. 육지는 전혀 보이지 않았다. 아무 상관없어. 노인은 생각했다. 언제든지 아바나의 불빛을 바라보고 돌아갈 수 있으니까. 해가 지려면 아직 두 시간은 더 남았어. 아마도 그때까진 녀석이 수면 위로 떠오를 거야. 설령 그때까지 올라오지 않는다 해도 해가 뜰 때쯤이면 올라올 거야. 나는 아직 손에 쥐도 나지 않고 기운도 팔팔해. 낚싯바늘이 주둥이에 걸려 있는 쪽은 저놈이야. 하지만 이렇게 배를 끌고 가다니 정말 대단한 놈이군. 바늘이 달린 철사 목줄이 주둥이에 단단히 걸려 있는 게 틀림없어. 저놈 낯짝을 한번 봤으면 좋겠는데. 도대체 내가 어떤 놈을 상대하고 있는지 한 번만이라도 봤으면 좋으련만.

노인이 별의 위치로 미루어 판단하건대, 물고기는 밤새도록 진로나 방향을 전혀 바꾸지 않았다. 해가 지면서부터는 날씨가 추워졌다. 등과 팔과 늙은 다리에 맺혔던 땀이 마르자 노인은 한기가 느껴졌다. 미끼 상자를 덮었던 부대를 벗겨 낮 동안 햇볕에 말려놓았던 노인은 해가 지고나자 등이 덮이도록 그것을 목 주위에 감은 뒤 어깨를 가로지른 낚싯줄을 밑으로 조심스럽게 밀어 넣었다. 부대가 낚싯줄의 압력으로부터 완충 역할을 해줬고, 또 요령껏 뱃머리에 대고 몸을 앞으로 숙여 기댈 수도 있게 되어서 한결 편안해진 느낌이었다. 사실 견디기 힘든 자세를 그저 조금 면한 데 불과했지만 노인은 편안해진 거나 다름없다고 생각했다.

노인은 생각했다. 내가 저놈에게 할 수 있는 건 아무것도 없고 저놈도 내게 할 수 있는 게 아무것도 없지. 저놈이 이런 상태로 계속해서 가는 한 말이야.

한번은 일어서서 뱃전 너머로 오줌을 누고는 별을 살펴보며 배의 진로 방향을 확인했다. 그의 어깨에서부터 물속으로 곧게 뻗어 들어간 낚싯줄은 한 줄기 인광 띠처럼 보였다. 배는 이제 아까보다 느리게 움직이고 있었다. 아바나 쪽 하늘이 그다지 밝지 않은 걸로 봐서는 배와 물고기가 해류로 인해 동쪽으로 밀려가고 있는 게 틀림없다고 노인은 생각했다. 만약 이놈의 물고기가 원래의 방향대로 가고 있다면 나는 벌써 몇 시간 전에 아바나의 강렬한 불빛을 보았어야 해. 오늘 메이저리그 경기는 어떻게 됐는지 궁금하군. 이럴 때 라디오를 들을 수 있다면 정말 멋질 텐데. 그러다가 그는 생각했다. 한순간도 물고기를 잊어서는 안 돼. 내가 지금 하고 있는 일만 생각하란 말이야. 바보 같은 짓을 해서는 절대 안 돼.

그러고 나서 노인은 큰소리로 말했다. "그 애가 옆에 있다면 얼마나 좋을까. 날 도와줄 수도 있고, 이걸 구경할 수도 있을 텐데."

노인은 생각했다. 늙으면 혼자 있으면 안 돼. 하지만 피할 수 없는 일이기도 하지. 잊지 말고 다랑어가 상하기 전에 먹어두자. 기운을 차려야 하니까 말이야. 아무리 먹고 싶은 생각이 없어도, 잊지 말고 아침에는 꼭 그걸 먹어야 해. 잊지 말자. 그는 스스로를 타일렀다.

밤중에 돌고래 두 마리가 조각배 주위로 다가와 이리저리 뒹굴며 물을 내뿜는 소리가 들렸다. 노인은 수컷이 물을 내뿜는 소리와 암컷이 한숨을 쉬듯 뿜어내는 소리를 분간할 수 있었다.

노인이 말했다. "좋은 녀석들이야. 녀석들은 함께 놀고 장난도 치고 서로 사랑도 하지. 날치와 마찬가지로 우리에겐 형제 같은 놈들이야."

문득 노인은 자신의 낚싯바늘에 걸려 있는 큰 물고기에게 연민을 느꼈다. 놈은 멋지고 별난 녀석이야. 도대체 나이를 얼마나 먹은 녀석일까? 이렇게 힘센 물고기를 잡아본 적도 없고, 또 이렇게 별나게 구는 놈도 머리털이 나고는 처음이야. 너무나 영리해서 날뛰지도 않는 것 같아. 격렬하게 날뛰는 날에는 꼼짝없이 내가 결딴이 나버릴 수도 있는데. 어쩌면 예전에 여러번 낚싯바늘에 걸린 경험이 있어서 이런 때는 지금처럼 싸워야 한다고 생각하는지도 모르지. 놈은 자기 상대가 한 사람밖에 없다는 걸, 그것도 늙은이일 뿐이라는 걸 까맣게 모르고 있을 거야. 아무튼 굉장한 놈이야. 육질만 나쁘지만 않다면 시장에서 상당한 값을 받을 수 있겠어. 미끼를 무는 것도 그렇고 낚싯줄을 끌고 가는 것도 꼭 사내답게 하는군. 싸우면서도 두려워하는 기색이 전혀 없단 말이야. 놈에게 나름대로 무슨 계획이 있는 것일까. 아니면 그저 나처럼 필사적으로 버티고 있는 걸까? 궁금하군.

노인은 언젠가 청새치 한 쌍 중에서 한 놈을 잡았던 일이 생각났다. 청새치 수컷은 언제나 암컷에게 먼저 먹이를 양보한다. 그때 낚시에 걸려든 놈은 암컷이었는데, 공포에 질린 그 암컷은 필사적으로 날뛰면서 격렬하게 저항하다가 금세 기진맥진해버렸다. 그러는 동안 수컷은 계속 암컷 옆에 붙어서 낚싯줄을 넘어 다니거나 암컷과 함께 동그랗게 원을 그리며 수면을 맴돌기도 했다. 수컷이 너무 암컷 가까이 따라다녔기 때문에 큰 낫처럼 날카롭고 모양이나 크기도 큰 낫 같은 꼬리로 낚싯줄을 끊어버리지 않을까, 하고 노인은 걱정을 했다. 노인은 암컷을 갈고리로 찍어 끌어올린 다음 몽둥이로 후려갈겼는데, 그러니까 가장자리가 사포처럼 깔깔하고 양날 검처럼 길고 뾰족한 주둥이를 움켜잡고 대가리 윗부분을 몽둥이로 마구 후려쳐서 몸통이 거의 거울 뒷면 같은 색깔로 변하도록 만들었을 때도, 그런 다음 소년의 도움을 받아 그 암컷을 배 위로 끌어올렸을 때도, 수컷은 배 주위에서 떠나지 않고 맴돌았다. 그러다가 수컷은 노인이 낚싯줄을 정리하고 작살을 준비하자 뱃전 옆에서 공중으로 높이 뛰어올라 죽은 암컷을 보고는, 자주색 가슴지느러미를 날개처럼 활짝 펼쳐 연보라색 넓은 줄무늬를 모두 드러내 보이더니 물속 깊이 자취를 감췄다. 노인은 기억을 되새겼다. 참 아름다운 놈이었지. 그리고 끝까지 암놈 곁을 떠나지 않으려 했어.

청새치를 잡으며 보았던 일 중에서 가장 슬픈 사건이었어, 하고 노인은 생각했다. 소년도 슬퍼했지. 그래서 우린 암컷에게 용서를 빌고 즉시 칼질을 해버렸지.

"그 애가 곁에 있으면 좋으련만." 노인은 큰소리로 말하고 나서 모서리가 둥그스름하게 닳은 뱃머리 판자에 몸을 기대 자세를 좀 편안하게 고쳐 앉았다. 그러자 어딘지는 몰라도 자기가 선택한 진로를 향해 꾸준히 헤엄쳐가는 커다란 물고기의 힘이, 양어깨 위를 가로질러 감긴 낚싯줄을 통해 다시금 느껴졌다.

일단 내 계책에 걸렸으니 놈으로서도 뭔가 선택할 수밖에 없었겠지, 하고 노인은 생각했다.

놈이 선택한 것은 그 어떤 덫과 함정과 속임수도 미치지 못하는 먼바다의 깜깜하고 깊은 물속에 머무르자는 것이었지. 그리고 내가 선택한 것은 그 누구도 미치지 못하는 그곳까지 가서 놈을 찾아내는 것이었고. 그 누구도 미치지 못하는 그곳까지 가서 말이야. 그래서 우린 서로 연결된 거야. 어제 정오부터, 게다가 우린 누구에게도 도움을 받을 수 없어.

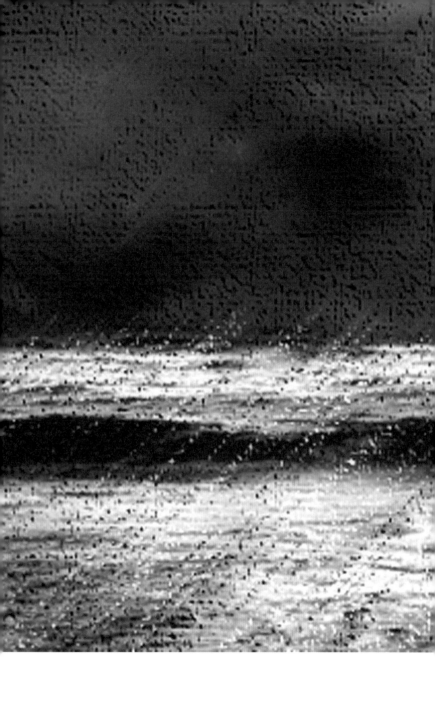

어쩌면 나는 어부가 되지 말았어야 했는지도 몰라, 하고 노인은 생각했다. 하지만 어부가 되는 게 내 타고난 운명이야. 날이 밝는 대로 잊지 말고 꼭 다랑어를 먹어 둬야지.

먼동이 트기 얼마 전, 무엇인가가 그의 뒤쪽에 있는 미끼 하나를 물었다. 막대찌가 부러지는 소리와 함께 갑작스레 낚싯줄이 뱃전 너머로 맹렬하게 풀려나갔다. 노인은 어둠속에서 칼집에 든 선원용 칼을 뽑아들었다. 그러고는 뱃전에 기대고 있던 왼쪽 어깨로 물고기의 모든 힘을 받아 버티며, 몸을 뒤로 기울여 뱃전 나무에 대고 줄을 끊어버렸다. 그런 뒤 가장 가까운 쪽에 있는 다른 낚싯줄도 끊고는 어둠속에서 예비 낚싯줄 뭉치들의 각 끝을 서로 붙들어 맸다. 매듭을 단단히 죄어 당길 때 줄 뭉치들이 움직이지 않도록 발로 그것들을 밟으면서 노인은 한 손만으로 능숙하게 일을 해냈다. 이제 노인이 가지고 있는 예비 낚싯줄 뭉치는 여섯 개나 되는 셈이었다. 끊어낸 줄에서 얻은 게 각각 두 개씩, 그리고 물고기가 지금 물고 있는 줄에 이어진 것이 두 개, 그렇게 도합 여섯 개였다.

날이 밝으면 뒤쪽의 70미터짜리 줄도 끊어 거기에 달린 예비 낚싯줄 뭉치들도 마저 연결해놓아야지, 하고 노인은 생각했다. 400미터나 되는 카탈로니아 산 질 좋은 낚싯줄과 거기 달린 낚싯바늘 그리고 연결용 목줄까지 잃어버리는 셈이 되겠군. 하지만 그것들은 다시 구할 수 있어. 반면에 뭔지도 모를 물고기를 잡느라고 이 큰 물고기를 놓친다면 누가 그걸 보상해주겠어? 방금 미끼를 문 물고기가 뭔지는 나도 몰라. 청새치나 황새치, 아니면 상어였을 수도 있지. 줄을 잡고 느껴볼 틈도 없었어. 너무나 황급히 끊어내야만 했으니까.

"그 애가 있으면 좋을 텐데." 노인은 큰 소리로 외치고는 이어서 생각했다. 하지만 그 앤 여기 없어. 넌 지금 너 혼자야. 그리고 어둠속이건 아니건, 어쨌든 지금 당장 뒤쪽의 그 마지막 줄을 끊어버리고 거기 달린 예비 낚싯줄 뭉치 두 개를 마저 이어놓는 게 좋을 걸.

노인은 그렇게 했다. 어둠속에서는 쉽지 않은 일이었다. 게다가 물고기가 한 번 크게 요동을 치는 바람에 고꾸라져 눈 밑에 상처가 났다. 뺨을 타고 피가 조금 흘러내렸지만 피는 턱에 이르기 전에 엉겨 붙어 말랐다. 노인은 뱃머리로 다시 돌아가서 판자에 몸을 기대고 쉬었다. 그는 부대를 다시 바로잡고 줄을 조심스레 움직여 어깨의 다른 부분에 닿도록 조정했다. 그리고 어깨에 줄을 단단히 고정시킨 채 물고기가 당기는 힘을 조심스레 느껴보았고, 한 손을 물속에 담가 배가 움직이는 속도를 느껴보았다.

노인은 생각했다. 놈이 무엇 때문에 그렇게 갑자기 움직였는지 궁금하군. 목줄의 철사가 언덕처럼 높직한 등을 긁었던 게 틀림없어. 아무리 그래도 놈의 등은 내 등만큼 아프진 않을 거야. 어쨌거나 놈이 이 배를 영원히 끌고 갈 순 없겠지. 제아무리 큰 놈이라고 하더라도 말이야. 이제 골칫거리가 될 만한 것은 모두 깨끗이 처리했고 예비 낚싯줄도 충분해. 이 이상 바랄 건 없어.

노인이 다정하게, 하지만 큰소리로 말했다. "물고기야. 난 죽을 때까지 네녀석과 함께 갈 테다."

아마 저놈도 나하고 끝까지 함께 가겠지, 하고 노인은 생각했다. 그리고 날이 밝기를 기다렸다. 먼동이 트기 전이라 좀 추웠다. 노인은 몸을 따뜻하게 하려고 뱃머리 판자에 바짝 붙어 앉았다. 저놈이 버티는 만큼 나도 버틸 수 있어, 하고 노인은 생각했다. 밝아오는 첫 새벽빛 속에서, 밖으로 뻗어나가 물속으로 들어간 줄의 모습이 보였다. 배는 여전히 꾸준히 이동했다. 해가 정수리를 막 내밀고 올라왔을 때 햇살은 노인의 오른쪽 어깨를 비췄다.

"놈이 북쪽으로 가고 있군." 노인이 말했다. 하지만 해류 때문에 동쪽으로 한참 밀려나게 될 거야. 놈이 해류를 타고 방향을 바꿔주면 좋을 텐데. 그건 놈이 지쳤다는 표시일 테니까 말이야.

해가 좀 더 높이 떠올랐지만 노인은 물고기가 조금도 지치지 않았다는 것을 깨달았다. 좋은 조짐이라곤 딱 하나밖에 없었다. 낚싯줄의 기울기로 보건대 놈은 이제 좀 위로 올라와서 헤엄치고 있었다. 물론 그게 놈이 반드시 물 위로 뛰어오르리라는 걸 의미하지는 않았다. 하지만 그럴 가능성은 있었다.

"하느님, 놈이 물 위로 뛰어오르게 해 주십시오. 놈을 다룰 낚싯줄은 충분히 준비되어 있습니다." 노인이 말했다.

혹시 좀 더 힘을 줘서 줄을 약간만 더 팽팽히 당기면 놈이 아파서 뛰어오르지 않을까, 하고 노인은 생각했다. 날도 이제 밝았으니 놈을 물 위로 한번 뛰어오르게 하자. 그러면 등뼈를 따라 자리 잡고 있는 놈의 부레에 공기가 가득 찰 테고, 그럼 놈은 깊은 곳으로 내려가 죽거나 하진 않을 테니까.

노인은 힘을 줘서 낚싯줄을 좀 더 팽팽히 당기려고 시도했다. 하지만 물고기가 낚싯줄에 걸렸을 때부터 줄은 이미 곧 끊어지기라도 할 것처럼 팽팽하게 잔뜩 당겨진 상태였다. 그래서 줄을 당기려고 몸을 뒤로 젖혔을 때, 그는 극한에 이르는 장력을 느꼈고, 더 이상 줄을 당겨서는 안 된다는 것을 깨달았다. 노인은 생각했다. 절대 낚싯줄을 세게 당겨서는 안 돼. 세게 당길 때마다 낚싯바늘이 박혀 있는 부위가 점점 벌어지게 돼. 그러면 놈이 뛰어오를 때 바늘을 뱉어낼 수도 있어. 어쨌든 해가 뜨니 기분이 한결 낫군. 게다가 오늘만은 해가 있는 쪽을 바라보지 않아도 되니 좋아.

낚싯줄에 누런 해초가 걸려 있었지만 노인은 그것이 물고기가 끌어야 할 짐을 좀 더 무겁게 할 뿐이라는 걸 알기에 좋은 일이라고 여겼다. 밤에 그렇게도 인광을 뿜어내던 누런 멕시코 만 해초였다.

"물고기야. 난 널 사랑하고 또 무척 존경해. 하지만 오늘이 지나기 전에 널 죽이고 말거야." 노인이 말했다.

그렇게 되기를 빌어야지, 하고 노인은 생각했다.

그때 북쪽에서 작은 새 한 마리가 배를 향해 날아왔다. 휘파람새였다. 새는 수면 위를 낮게 날고 있었다. 새가 매우 지쳐 있다는 걸 노인은 알 수 있었다.

새는 배의 고물 위로 내려앉아 쉬었다. 그리곤 노인의 머리 위를 한 바퀴 빙 돈 다음 좀 더 편한 낚싯줄 위에 내려앉았다.

"너는 몇 살이지? 여행은 이게 처음이냐?" 노인이 새를 보고 물었다. 새가 노인을 쳐다보았다. 새는 너무나도 지친 나머지 낚싯줄을 살펴볼 겨를도 없어 보였다. 그저 가냘픈 발가락으로 흔들리는 낚싯줄을 꽉 움켜쥐고 있을 뿐이었다.

"그건 튼튼한 줄이야. 아주 튼튼한 줄이지. 간밤에는 바

람 한 점 불지 않았는데, 그렇게 지쳐서야 되겠니?" 노인이
말했다. "그런데 새들은 결국 어떻게 되는 걸까?"

저 새들을 잡아먹으러 바다로 나오는 매들이 있지. 노인
은 생각했다. 하지만 새에게는 그런 말을 하지 않았다. 말
을 해봤자 알아듣지도 못할 것이고 어차피 곧 매에 대해서
도 충분히 배우게 될 것이었다.

"푹 쉬어라 작은 새야. 그런 다음 돌아가서 꿋꿋하게 도
전하며 너답게 살아. 사람이든 물고기든 모두 그렇듯이 말
이다." 노인이 말했다.

밤사이 뻣뻣해진 등이 이제는 심하게 쑤시며 아팠기 때
문에 이렇게 이야기라도 하는 것이 그에겐 위로가 되었다.

"새야, 원한다면 우리 집에 머물러도 좋아. 하지만 당장
돛을 달고서, 지금 일고 있는 산들바람을 타고 육지로 데려
다 줄 수 없어서 미안하구나. 나는 지금 상대해야 할 친구
가 있거든." 노인이 말했다.

바로 그때, 물고기가 갑자기 요동을 치며 줄을 당기는 바
람에 노인은 뱃머리 쪽으로 고꾸라지고 말았다. 노인이 즉
시 몸을 일으켜 버티면서 줄을 풀어주지 않았다면 뱃전 너
머 물속으로 끌려들어가고 말았을 것이다.

새는 줄이 홱 당겨지는 순간 날아갔다. 노인은 새가 날
아가는 것도 보지 못했다. 그는 오른손으로 조심스레 줄을

쥐고 느껴보았다. 그러다 비로소 손에서 피가 흐르는 것을 알아차렸다.

"뭔가 녀석을 아프게 한 모양이군." 노인이 큰소리로 말했다. 그리고는 물고기의 방향을 돌릴 수 있는지 알아보려고 낚싯줄을 당겼다. 하지만 줄이 끊어질 것처럼 팽팽해지자 더 이상 힘을 줘 당기는 대신 줄을 잡은 채 전처럼 버티며 기다렸다.

"물고기야. 넌 지금 내가 당기는 걸 느끼고 있겠지. 물론 나도 확실히 느끼고 있단다." 노인이 말했다. 그리고는 새가 어디 있는지 둘러보았다. 동료 삼아 함께 있으면 좋으련만, 새는 가버리고 없었다.

노인은 생각했다. 새야, 오래 쉬지도 못하고 가버리고 말았구나. 하지만 네가 해안에 도착하기까지는 더욱 어려운 고비를 넘겨야 할 거야. 그건 그렇고 물고기가 그렇게 한 번 홱 잡아당겼다고 고꾸라져서 다치다니, 이게 무슨 꼴이람. 내가 아주 멍청해진 게 틀림없어. 아니면 아까 작은 새한 마리에 정신이 팔려 있었던 건지도 모르지. 이제부터는 내 일에 집중해야 해. 그리고 기운을 잃지 않도록 다랑어도 꼭 먹어두어야겠어.

"그 애가 곁에 있으면 좋으련만. 그리고 소금도 좀 있으면 좋을 텐데." 노인이 큰소리로 말했다.

노인은 낚싯줄의 무게를 왼쪽 어깨로 옮겨놓고 조심스레 무릎을 꿇은 다음, 바닷물에 손을 담가 씻었다. 그리고 일 분 넘게 손을 그대로 바닷물에 담근 채 손에서 흐르는 피가 실처럼 꼬리를 남기며 흘러가는 것과, 배의 움직임에 따라 손으로 부딪쳐오는 물결의 움직임을 지켜보았다.

"녀석이 많이 느려졌군." 노인이 말했다.

노인은 짠 바닷물에 손을 좀 더 오래 담가두고 싶었지만 물고기가 또다시 갑작스레 요동을 칠까봐 두려웠다. 그는 일어나서 두 발로 버티고 선 다음 손을 들어 햇볕을 쬐었다. 상처는 살이 줄에 쓸려 벗겨진 정도였다. 하지만 일할 때 주로 사용하는 바로 그 부분에 상처가 나 있었다. 노인은 이번 일을 끝내려면 두 손을 모두 사용해야 한다는 걸 잘 알고 있었으므로 일이 시작되기도 전에 손을 다치자 언짢았다.

"자, 이제 저 작은 다랑어를 먹을 차례야. 갈고리로 녀석을 끌어다가 여기서 편하게 먹어야 하겠군." 노인이 중얼거렸다.

그는 무릎을 꿇어 갈고리로 고물 밑에 있는 다랑어를 찾아냈다. 그리고 낚싯줄 뭉치에 걸리지 않도록 하면서 끌어당겼다. 왼쪽 어깨로 낚싯줄을 지탱하고 왼손과 왼팔로 줄을 당겨 버티면서, 노인은 갈고리 끝에서 다랑어를 뺀 뒤 갈고리를 다시 제자리에 내려놓았다. 그리고 한쪽 무릎으로 물고기를 누르면서 머리 뒤쪽에서 꼬리까지 검붉은 살을 세로로 길게 잘랐다. 쐐기 모양을 한 기다란 살점이었다. 노인은 그것을 등뼈 부근에서부터 배 가장자리까지 잘라 여섯 조각으로 나눈 뒤 살점들을 뱃머리 판자 위에 펴놓고는 칼을 바지에 닦았다. 그리고 다랑어 꼬리를 집어 남은 사체를 뱃전 너머로 던져버렸다.

"통째로는 먹지 못할 것 같군." 노인이 물고기 조각 하나를 칼로 잘라서 둘로 나누며 말했다. 그는 낚싯줄이 변함없이 세게 당겨지는 것을 그대로 느낄 수 있었는데, 순간 왼손에 쥐가 났다. 손이 무거운 줄을 쥔 채 오그라들며 뻣뻣하게 굳었다. 노인은 혐오스럽다는 듯한 얼굴로 손을 바라보았다.

"도대체가 어떻게 된 놈의 손이람." 노인이 말했다. "그래, 쥐가 날 테면 나라고 해. 매 발톱처럼 오그라들어봐. 그래봤자 소용이 없을 테니까."

자, 쥐가 날 테면 나봐라, 하고 노인은 생각했다. 그리고 어두운 물속으로 비스듬히 끌려들어간 낚싯줄을 내려다보았다. 당장 다랑어를 먹도록 하자. 그럼 손아귀에 힘이 생길 거야. 손은 잘못이 없어. 오랜 시간 물고기를 붙잡고 있어서 그런 거야. 하지만 영원히 물고기와 상대해야 할지도 몰라. 당장 다랑어를 먹어 두자.

노인은 고기 조각 한 점을 집어 입에 넣고 천천히 씹었다. 생각보다 그리 역겹지 않았다.

꼭꼭 씹어서 즙까지 모두 삼켜라, 하고 노인은 생각했다. 라임이나 레몬이나 소금하고 함께 먹으면 나쁘지 않을 텐데.

"손, 이 녀석아, 좀 어떠냐?" 노인이 쥐가 나서 사후강직 상태나 다름이 없게 뻣뻣해진 손을 보고 물었다. "네 녀석을 위해서 좀 더 먹어주마."

노인은 둘로 잘라놓았던 물고기 조각 중 나머지 하나를 마저 먹었다. 그리고 조심스레 잘 씹은 뒤 껍질을 뱉었다.

"어때, 좀 효과가 있는 것 같으냐, 손 친구야? 아니면 아직은 너무 일러서 모르겠어?"

노인은 다시 또 한 조각을 통째로 입에 넣고 씹었다.

노인은 생각했다. 살이 탱탱하고 영양 가득한 물고기야. 만새기 대신 이놈을 잡아서 다행이지. 만새기는 너무 달거든. 이놈은 달지 않으면서 온갖 자양분은 다 가지고 있지.

하지만 현실적인 생각 말고는 아무것도 쓸모가 없어, 하고 노인은 생각했다. 소금이 좀 있으면 좋을 텐데. 햇볕이 남은 물고기를 상하게 만들지, 아니면 말려놓을지 알 수가 없으니 배가 고프지 않더라도 다랑어를 전부 먹어두는 게 좋을 것 같아. 저 물고기 녀석은 얌전하고 침착하게 버티는군. 다랑어를 전부 먹어두자. 그럼 준비가 다 되는 거야.

"조금만 참아, 손 친구야. 널 위해 이걸 먹는 거니까."
노인이 말했다.

물고기 녀석에게도 뭘 먹일 수 있으면 좋을 텐데, 하고
노인은 생각했다. 녀석은 내 형제나 다름없어. 하지만 난
녀석을 죽여야 하고 그러기 위해서는 힘이 빠져선 안 돼.
노인은 천천히 그리고 열심히 쐐기 모양의 물고기 조각을
모두 먹어치웠다.

노인은 바지에 손을 닦으면서 몸을 쭉 폈다.

"자, 왼손아. 이제 줄을 놓아도 좋아. 네가 그 바보짓을
그만둘 때까지 내가 오른팔만으로 저 녀석과 싸울 수 있으
니까." 노인은 왼손으로 잡고 있던 팽팽하게 당겨진 낚싯
줄을 왼발로 밟고는 몸을 뒤로 젖혀 등으로 죄어오는 압력
을 버텼다.

"하느님, 제발 쥐가 풀리게 도와주십시오. 저 물고기 녀
석이 어떻게 나올지 모른단 말입니다."

하지만 녀석은 조용해 보여, 하고 노인은 생각했다. 그
리고 자기 계획에 따라 행동하고 있는 것 같아. 그런데 녀
석의 계획은 뭐지? 노인은 또 생각했다. 그리고 내 대책은
뭐지? 엄청나게 큰 놈이어서 난 놈의 행동에 따라 그때그
때 대책을 세워나가는 수밖에 없어. 놈이 물 위로 뛰어오르

면 죽일 수 있지만 녀석은 한도 끝도 없이 저 아래 물속에서 버티고 있지. 그러면 나도 계속해서 놈과 함께 버티고 있을 수밖에 없어.

노인은 쥐가 난 손을 바지에 대고 문지르며 손가락을 부드럽게 풀어보려고 애썼다. 하지만 손은 펴지지 않았다. 그는 생각했다. 해가 높이 뜨면 펴질지 몰라. 어쩌면 날것으로 먹은 탱탱한 다랑어가 뱃속에서 소화되면 펴질지도 모르지. 물론 왼손을 꼭 써야 할 때가 오면 무슨 수를 써서라도 펼 거야. 하지만 지금은 그렇게 억지로 펴고 싶지 않아. 저절로 펴져서 원래대로 돌아오게 내버려두자. 따지고 보면, 지난밤에 줄을 여러 개 끊어내고 매고 하느라 왼손을 너무 혹사시켰잖아.

노인은 바다 저편을 바라보고는 자기가 지금 얼마나 홀로 외롭게 있는지 새삼스레 깨달았다. 하지만 그는 어둡고 깊은 바닷속에 비친 무지갯빛 광선들과 앞으로 쭉 뻗어나간 낚싯줄과 잔잔한 바다의 이상야릇한 파동을 보았다. 이제 무역풍이 불어오려는지 뭉게구름이 피어오르고 있었고, 앞을 바라보니 한 떼의 물오리가 날아가는 모습도 보였다. 물오리들은 하늘을 배경으로 선명한 줄무늬를 그렸다가 점점이 흐트러지기를 반복하면서 바다 위를 날아갔다. 바다에서는 그 누구도 결코 외롭지 않다는 것을 노인은 깨달았다.

문득 어떤 사람들은 작은 배로 육지가 보이지 않는 곳까지 나가는 일을 두려워한다는 생각이 떠올랐다. 날씨가 갑자기 나빠지는 계절에는 그들 생각이 옳다는 걸 노인도 잘 알고 있었다. 하지만 지금은 허리케인이 부는 계절이고, 허리케인만 몰려오지 않는다면 일 년 중 고기잡이를 하기에 가장 날씨가 좋은 때였다.

바다에 나가 있으면, 언제나 허리케인이 불어오기 며칠 전부터 하늘에 징조가 나타난다. 육지에서 그걸 못 알아보는 건 사람들이 무얼 살펴야 하는지 모르기 때문이야, 하고 노인은 생각했다. 육지에서도 구름의 형태라든가 뭔가 틀림없이 변화가 있을 텐데, 어쨌든 지금은 허리케인이 몰려올 징조는 없어.

노인은 하늘을 쳐다보았다. 솜뭉치처럼 둥글둥글 정겹게 피어오른 하얀 뭉게구름이 보였고, 그 위로는 높다란 9월 하늘을 배경으로 옅은 깃털 같은 새털구름이 하늘 높이 떠 있었다.

노인이 말했다. "브리사(스페인어로 산들바람 또는 무역풍)가 산들산들 부는군. 물고기야, 아무래도 너보다는 내게 더 좋은 날씨로구나."

노인의 왼손은 아직 쥐가 풀리지 않았다. 하지만 경련이 이제 서서히 풀리는 중이었다.

쥐가 나는 건 정말 질색이야, 하고 노인은 생각했다. 그건 꼭 몸이 나를 배신하는 것 같거든. 프토마인 중독(부패한 육류를 섭취했을 때 발생하는 식중독)으로 설사를 하거나 토하는 것은 남들 앞에서 창피를 당하는 일이지. 하지만 쥐가 나는 건 —그는 쥐를 스페인어인 '칼람브레(경련)'라고 생각했다 — 자기 자신에게 창피를 당하는 일이야. 특히 혼자 있을 땐 말이지.

그 애가 곁에 있다면 날 위해 손도 문질러주고 팔뚝을 위에서 아래로 주물러서 쥐를 풀어줄 텐데. 노인은 생각했다. 하지만 곧 풀릴 거야.

그때였다. 줄을 당기는 압력의 변화가 오른손에 느껴지는가 싶더니 이내 물속으로 뻗어 들어간 줄의 기울기가 달라지는 게 보였다. 노인은 몸을 뒤로 젖혀 줄을 당기는 압력을 버티는 한편 왼손을 허벅지에 마구 때려대면서 서서히 떠오르는 낚싯줄을 지켜보았다.

"놈이 올라오고 있어. 자, 손아, 어서. 제발 어서."노인이 말했다.

줄은 서서히 그리고 꾸준히 떠올랐다. 그리고 배 앞쪽으로 수면이 부풀어 오르더니 마침내 물고기가 모습을 드러냈다. 물고기가 조금씩 솟아오르자 양 옆구리로 물이 쏟아져 내렸다. 물고기는 햇빛을 받아 눈부시게 빛났다. 머리와 등은 짙은 자주색이고 양 옆구리의 넓은 줄무늬는 햇빛을 받아 연보라색으로 빛났다. 날카로운 주둥이는 야구방망이만큼이나 길고 양날 검처럼 끝이 뾰족했다. 물고기는 온몸이 전부 드러날 만큼 솟아올랐다가 물속으로 다시 사라졌다. 마치 다이빙 선수처럼 미끄러지듯 쑤욱 들어갔는데, 노인은 거대한 낫처럼 생긴 물고기 꼬리가 물속으로 사라지는 것을 보았다. 낚싯줄이 다시 빠른 속도로 풀려나가기 시작했다.

"이 배보다 60센티미터는 더 긴 놈이야." 노인이 말했다. 줄은 빠르지만 일정하게 풀려나가고 있었다. 그걸로 보아 물고기는 놀라서 날뛰는 게 아니었다. 노인은 두 손으로 낚싯줄을 잡고 끊어지지 않을 정도로 줄을 당기기 위해 계속 애를 썼다. 꾸준히 힘을 줘 당겨서 물고기의 속도를 늦추지 않으면 물고기가 줄을 있는 대로 다 끌고 나가 결국 낚싯줄을 끊을 수밖에 없게 된다는 걸 노인은 알고 있었다.

굉장히 큰 놈이야. 그러니 난 놈에게 본때를 보여줘야 해. 노인은 생각했다. 놈이 자기 힘이 얼마나 센지, 제 맘대로 힘껏 하면 얼마나 대단해질 수 있는지 알게 해서는 절대로 안 돼. 만약 내가 놈이라면 당장 혼 힘을 쏟아 뭐든 부려져 결판날 때까지 해보고 말 거야. 하지만 감사하게도, 이놈들은 자기네들을 죽이려 드는 우리 인간만큼 영리하지 못해. 비록 우리보다 기품이 있고 더 큰 힘을 가졌지만 말이야.

노인은 커다란 물고기를 많이 봐왔다. 무게가 500킬로그램 가까이 나가는 물고기도 여러 번 봤고, 또 평생 동안 그런 큰 물고기를 잡은 적도 두 번이나 있었다. 하지만 혼자 잡은 적은 없었다. 그런데 지금 이렇게 혼자, 육지가 보이지 않는 바다에서, 이제까지 눈으로 보거나 귀로 들었던 그 어떤 물고기보다 큰 놈과 맞서 싸우고 있는 것이다. 게다가 그의 왼손은 아직도 꽉 움켜쥔 독수리 발톱처럼 굳게 오그라들어 있었다.

하지만 곧 쥐가 풀릴 거야, 하고 노인은 생각했다. 틀림없이 바로 풀려서 오른손을 도울 거야. 서로 형제 사이인 게 세 가지가 있는데, 그건 바로 저 물고기와 내 이 두 손이지. 그러니 왼손의 쥐는 꼭 풀려야만 해. 쥐가 나다니 손으로서는 부끄럽기 짝이 없는 일이지. 물고기는 다시 속도를 늦춰서 이전과 같은 빠르기로 나아가고 있었다.

놈이 왜 물 위로 올라왔는지 궁금하군, 하고 노인은 생각했다. 마치 자기가 얼마나 큰지 보여주려고 몸을 드러낸 것 같기도 했어. 어쨌든 이제 놈의 크기를 알았지. 나도 놈에게 내가 어떤 사람인지 보여줄 수 있다면 좋을 텐데. 하지

만 그러면 쥐가 난 손을 놈에게 들키겠지. 놈이 나를 실제의 나보다 더 강한 존재로 생각하게 내버려두자. 아니, 그렇게 더 강해지고 말겠어. 차라리 내가 저 물고기라면 좋겠군. 놈의 이 모든 힘이 맞서고 있는 게 그저 내 의지와 머리밖에 없는 형편이니 말이야.

노인은 뱃머리 판자에 기대어 조금 더 편한 자세를 취했다. 그리고는 달려드는 고통을 있는 그대로 받아들였다. 물고기는 꾸준히 헤엄쳐 나갔고, 배는 천천히 검푸른 바다 위를 미끄러져 갔다. 동풍이 불어와 바다가 약간 일렁였다. 정오가 되자 노인의 왼손은 쥐가 풀렸다.

"물고기야, 네겐 나쁜 소식이구나." 노인이 어깨를 덮고 있는 부대 위로 걸쳐진 낚싯줄 위치를 살짝 바꿔놓으며 말했다.

노인은 자세는 편안했지만 몸은 고통스러웠다. 다만 그 고통을 조금도 인정하지 않고 있을 뿐이었다.

"난 신앙심이 깊진 않습니다. 하지만 이 물고기를 잡을 수만 있다면 주기도문과 성모송을 열 번이라도 외겠습니다. 그리고 놈을 진짜로 잡으면, 코브레 성당의 성모 마리아님을 참배하러 길을 떠나겠습니다. 정말로 약속합니다."

노인은 기도문을 기계적으로 외우기 시작했다. 이따금 너무 피곤해서인지 기도문이 잘 기억나지 않을 때가 있었는데, 그럴 경우 기도문을 아주 빠르게 외우면 자동적으로 줄줄 나오곤 했다. 성모송이 주기도문보다 외우기 쉬워, 하고 노인은 생각했다.

"은총이 가득하신 마리아님, 기뻐하소서! 주님께서 함께 계시니 여인 중에 복되시며 태중의 아들 예수님 또한 복되시나이다. 천주의 성모 마리아님, 이제와 저희 죽을 때에 저희 죄인을 위하여 빌어주소서. 아멘." 그런 다음 그는 이렇게 덧붙였다. "복되신 동정녀 마리아님, 이 물고기의 죽음을 위해 빌어주소서. 굉장히 놀라운 놈이긴 합니다만."

기도문을 다 외우자 기분이 한결 나아졌지만 고통은 정확히 그대로였다. 아니 오히려 더 심해진 것 같았다. 그런 상태에서 노인은 뱃머리 판자에 몸을 기댄 채 왼손의 손가락을 기계적으로 쥐락펴락 움직이기 시작했다.

산들바람이 부드럽게 일고 있었지만 태양은 이제 뜨거웠다.

"가느다란 낚싯줄에 미끼를 달아 고물 쪽에 드리워놓는 게 좋겠어. 놈이 하룻밤을 더 버티기로 작정한다면 나도 또 뭔가를 먹어야 할 테니까. 마실 물도 얼마 없군. 여기서 잡히는 건 아마 만새기뿐일 테지. 하지만 만새기도 싱싱할 때 먹으면 그리 나쁘지 않을 거야. 밤중에 날치라도 한 마리 배로 뛰어들면 좋을 텐데. 하지만 놈들을 유인할 불빛이 없다는 게 문제야. 날치는 날로 먹기 딱 좋을 뿐 아니라 칼로 토막을 낼 필요도 없는데. 이제 힘을 조금이라도 낭비해서는 안 돼. 젠장, 저렇게 큰 놈인 줄 어떻게 알았겠어."노인이 말했다. "그렇지만 난 놈을 죽이고 말 거야. 위대함과 영광의 절정에 있는 저놈일지라도."

노인은 생각했다. 그게 부당한 짓이라고 해도 어쩔 수 없어. 나는 인간이 어떤 일을 할 수 있는지, 또 얼마나 견뎌낼 수 있는지 놈에게 보여주고 말겠어.

"나는 그 애에게도 내가 별난 늙은이라고 말했었지. 이제는 그걸 증명해 보일 때야."노인이 말했다.

과거에 이미 수천 번이나 증명해보였다는 사실은 그에게 아무 의미가 없었다. 그는 지금 이 순간 그걸 다시 증명해 보이려는 것이다. 언제나 매번 새로 처음 하는 일이었고, 그 일을 하고 있는 순간에는 결코 과거에 대해 생각하지 않았다.

놈이 좀 잤으면 좋겠는데, 그러면 나도 사자 꿈을 꾸며 잘 수 있을 텐데, 하고 노인은 생각했다. 왜 내 머릿속에서는 사자들이 사라지지 않는 걸까? 이보게, 늙은이, 생각 같은 건 하지 말게나. 그는 자신을 타일렀다. 아무 생각도 하지 말고 그저 뱃머리 판자에 기대어 가만히 쉬게나. 놈은 지금 배를 끄느라 힘을 쓰고 있네. 그러니 자넨 가능한 한 움직이지 말고 가만히 있게.

오후로 접어들고 있었다. 배는 변함없이 천천히 그리고 꾸준하게 움직였다. 하지만 이제 동쪽에서 불어오는 산들 바람 때문에 물고기가 배를 끄는 것이 좀 더 힘들어지게 되었다. 배는 살짝 일렁이는 바다 위를 부드럽게 끌려갔고, 노인의 등을 가로질러 짓누르는 낚싯줄로 인한 통증도 한결 약해지고 견디기 수월해졌다.

오후에 다시 한 번 낚싯줄이 위로 올라오기 시작했다. 하지만 물고기는 조금 올라오다 말고 다시 그대로 계속해서 헤엄쳤다. 태양이 노인의 왼쪽 팔과 어깨 그리고 등짝을 비추었다. 노인은 물고기가 북동쪽으로 방향을 틀었다는 걸 깨달았다.

이미 물고기를 한 번 보았던 터라 노인은 이제, 물고기가 물속에서 자주색 가슴지느러미를 날개처럼 넓게 펴고 크고 꼿꼿한 꼬리로 캄캄한 바다를 가르며 헤엄쳐나가는 모습을 머릿속에 그릴 수 있었다. 그 깊은 물속에서 앞이 얼마나 잘 보일지 궁금하군, 하고 노인은 생각했다. 눈이 굉장히 크던데. 말은 그보다 훨씬 작은 눈을 가지고도 어둠속에서 잘 볼 수 있지. 나도 한때는 어둠속에서 아주 잘 볼 수 있었어. 물론 깜깜한 곳에선 볼 수가 없었지만 거의 고양이 눈만큼이나 밤눈이 밝았지.

햇볕을 쬐고 손가락을 꾸준히 움직여준 덕분에 왼손의 쥐는 이제 완전히 풀렸다. 노인은 줄을 당기는 힘을 왼손에 좀 더 많이 옮겨 실었다. 그리고 어깻짓으로 등 근육을 움직여 아프게 짓누르는 줄의 위치를 옮겨놓았다.

"물고기야, 아직도 지치지 않았다면, 너도 아주 별난 놈임에 틀림없구나." 노인이 큰소리로 말했다.

노인은 이제 몹시 지쳤고, 곧 밤이 오리라는 것을 알았고, 다른 생각을 해보려고 애를 썼다. 노인은 메이저리그 경기에 대해 생각했다. 사실 그에겐 메이저리그라는 영어보다는 '그란 리가스'라는 스페인어가 더 친숙했다. 그는 뉴욕 양키스와 디트로이트 타이거스의 경기가 있다는 걸 알고 있었다.

후에고스(경기, 시합이라는 스페인어 '후에고'의 복수형)의 결과도 모르고 지낸 지 이틀이나 됐군, 하고 노인은 생각했다. 하지만 자신감을 잃으면 안 돼. 발뒤꿈치의 뼈돌기 때문에 통증을 느끼면서도 모든 걸 완벽하게 해내는 위대한 디마지오 선수에게 부끄럽지 않게 행동하자. 뼈돌기를 뭐라고 하더라? 노인은 스스로에게 물었다. 맞아. '운 에스푸엘라 데 후에소'야. 우리에겐 그런 것이 생기지 않지. 발뒤꿈치에 싸움닭의 쇠 발톱이 박힌 것만큼이나 고통스러울까? 난 그런 건 못 견딜 거야. 또 한쪽 눈이나 양쪽 눈을 다 잃은 채 싸움닭처럼 계속 싸우지도 못할 거야. 인간은 커다란 새나 야수에 비하면 보잘 것 없는 존재지. 그래도 나는 지금 캄캄한 바다 밑에 있는 저 야수 같은 물고기가 한번 되어봤으면 좋겠어. 노인이 큰소리로 말했다. "상어만 만나지 않는다면. 상어가 나타나면 저놈이나 나나 볼장을 다 보는 거지."

노인은 생각했다. 위대한 디마지오는 내가 이놈을 상대하는 만큼 오랫동안 물고기를 상대로 버텨낼까? 틀림없이 그럴 거야. 아니 젊고 기운이 세니까 더 오래 버틸 수도 있겠지. 그의 아버지도 어부였으니까. 하지만 뼈돌기 때문에 통증이 너무 심하지는 않을까?

"글쎄 모르겠군. 난 발뒤꿈치에 뼈돌기가 나 본 적이 없으니까." 노인이 말했다.

해가 질 무렵 노인은 스스로에게 용기를 좀 더 불어넣기 위해, 예전에 카사블랑카의 한 술집에서 몸집이 아주 큰 흑인과 겨뤘던 팔씨름을 떠올렸다. 시엔푸에고스 출신의 그 흑인은 그 부둣가에서 제일 힘이 셌다. 두 사람은 흰 분필로 선을 그은 탁자 위에 팔꿈치를 올려놓고는 팔뚝을 똑바로 세우고 서로 손을 꽉 움켜잡은 채 꼬박 하루 낮과 하룻밤을 맞붙어 있었다. 둘은 기를 쓰고 상대방의 손을 탁자 위로 내리누르려 했다. 내기로 많은 돈이 걸렸고, 석유등 불빛 아래에서 사람들은 방을 들락날락하며 지켜보았다. 그는 흑

인의 팔과 손 그리고 얼굴을 번갈아 쳐다보았다. 처음 여덟 시간이 지나자, 심판들이 잠을 잘 수 있도록 네 시간마다 심판을 바꿨다. 그와 흑인 모두 손톱 밑에서 피가 배어났다. 두 사람은 상대방의 눈과 팔과 팔뚝을 노려보았고, 돈을 건 사람들은 방을 들락거리며 벽에 기댄 높은 의자에 앉아 그 대결을 지켜보았다. 판자로 된 방 안의 벽은 밝은 파란색으로 칠해져 있었고, 석유등 불빛이 벽에 두 사람의 그림자를 만들었다. 흑인의 그림자는 굉장히 컸는데, 산들바람에 등불이 흔들릴 때마다 벽에 비친 그림자도 함께 흔들렸다.

　힘겨루기는 밤새도록 엎치락뒤치락 했다. 사람들은 흑인에게 럼주를 주거나 담뱃불을 붙여주기도 했다. 럼주를 마신 흑인은 엄청난 힘을 쓰며 팔을 꺾어보곤 했다. 그래서 노인— 물론 당시는 노인이 아니었고 엘 캄페온(스페인어로 투사 혹은 승자라는 뜻) 산티아고라고 불렸지만—의 손을 거의 8센티미터 가량이나 기울게 만들었다. 하지만 노인은 손을 밀어 올려 완전히 원점으로 돌려놓았다. 그는 그때 자신이 훌륭한 사내이자 대단한 장사인 이 흑인을 이미 이긴 것이나 다름없다고 확신했다. 동틀 무렵, 내기에 돈을 건 사람들이 그만 무승부로 하자고 요구하고 심판도 안 되겠다는 듯 고개를 가로젓고 있을 때 노인은 마침내 아껴두었던 힘을 짜내 팔을 꺾었다. 그리고 흑인의 손을 점점 아래로 내리눌러 마침내 나무 탁자 위에다 완전히 눕혀버렸다. 이 대결은 일요일 아침에 시작해서 월요일 아침이 돼서야 결국 끝이 났다. 돈을 건 많은 사람들이 무승부로 끝내자고 요구한 건 부두에 나가서 설탕 부대를 배에 싣거나 아바나 석탄 회사로 일을 하러 가야 했기 때문이다. 그렇지만 않았다면 누구나 끝장이 날 때까지 승부하기를 원했을 것이다. 하지만 노인은 결국 끝장을 냈고, 그것도 사람들이 일하러 가기 전에 끝장을 냈던 것이다.

그 일이 있은 후, 오랫동안 사람들은 그를 '승리자'라고 불렀다. 그러다 봄에 재대결이 있었다. 하지만 이번에는 사람들이 돈을 많이 걸지 않았고, 노인도 쉽게 이겨버렸다. 그가 첫 대결 때 시엔푸에고스 출신의 이 흑인이 가진 자신감을 완전히 꺾어놓았기 때문이다. 그 후로 그는 몇 번 더 시합을 했지만 그리고 나서는 더는 하지 않았다. 그는 자기가 이기고 싶다는 마음만 먹으면 상대가 누구든지 이길 수 있다고 확신했지만 팔씨름은 물고기 잡이를 하는 오른손에 해롭다고 생각했기 때문이다. 그는 몇 차례 시험 삼아서 왼손으로 시합을 해보았지만, 왼손은 언제나 그의 뜻을 배반했고 그가 시키는 대로 하려들지 않았다. 그래서 그는 왼손을 신뢰하지 않았다.

햇볕이 손을 충분히 풀어주겠지, 하고 노인은 생각했다.

밤에 너무 추워지지만 않는다면 다시 쥐가 나서 골탕 먹는 일은 없을 거야. 오늘 밤 어떤 상황이 벌어질지 궁금하군.

마이애미를 향해 날아가는 비행기 한 대가 머리 위로 지나갔다. 노인은 비행기 그림자에 놀란 날치 떼가 뛰어오르는 것을 지켜보았다.

"날치들이 저렇게 많으니 분명 만새기가 있겠는걸." 노인이 말했다. 그리고 물고기를 조금이라도 끌어당길 수 있는지 보기 위해 몸을 뒤로 젖혀 줄을 당겼다. 하지만 물고기는 꿈쩍도 하지 않았고, 끊어지기 직전까지 팽팽하게 당겨진 낚싯줄이 부르르 떨며 물방울을 튀겼다. 배는 천천히 앞으로 나아가고 있었다. 그는 비행기가 보이지 않을 때까지 그 뒤를 계속 지켜보았다.

노인은 생각했다. 비행기를 타면 틀림없이 기분이 아주 이상야릇할 거야. 한 3, 400미터 상공에서 천천히 날며 물고기들을 한번 내려다보고 싶군. 거북잡이 배를 탔을 때 돛대 꼭대기의 가로막대에 올라갔던 적이 있었지. 그 정도 높이에서도 보이는 게 꽤 많았어. 거기서는 만새기들이 더 짙은 초록색으로 보이고 줄무늬와 자주색 반점도 잘 보이지. 게다가 헤엄쳐가는 만새기 떼 전체가 모두 내려다보이기까지 하지. 검푸른 해류를 타고 빠르게 움직이는 물고기들의 등은 왜 모두 자주색이고 대부분 자주색 줄무늬 반점을 갖고 있는 걸까? 물론 만새기는 초록색으로 보이지. 본래 황금빛이니까 말이야. 하지만 만새기도 배가 많이 고파서 먹이를 쫓을 때는 청새치처럼 옆구리에 자주색 줄무늬가 나타나거든. 그렇게 줄무늬가 나타나는 건 성이 나서일까? 아니면 너무 빨리 헤엄치기 때문일까?

어두워지기 직전, 조각배는 커다란 섬처럼 부풀어 올라 있는 멕시코 만 해초 더미 옆을 지나쳤다. 가볍게 너울거리는 수면 위에서 출렁출렁 오르내리며 흔들리는 멕시코 만 해초 더미는 마치 바다가 노란 담요 밑에서 무언가와 사랑을 나누고 있는 것처럼 보였다. 바로 그때 노인의 가는 낚싯줄에 만새기 한 마리가 걸렸다. 만새기가 공중으로 뛰어올라 마지막 햇살 속에서 완전한 황금빛으로 빛나며 격렬하게 몸을 뒤틀고 펄떡거릴 때 노인은 비로소 그 모습을 처음 보았다. 공포에 사로잡힌 만새기는 곡예를 부리며 뛰어오르고 또 뛰어올랐다. 노인은 고물 쪽으로 조심스럽게 옮겨갔다. 그리고 몸을 웅크려 오른손과 오른팔로 굵은 낚싯줄을 잡은 채 왼손만으로 만새기가 걸린 줄을 끌어당겼다. 매번 당겨진 줄은 왼쪽 맨발로 밟았다. 만새기가 필사적으로 이리저리 날뛰고 몸부림치며 고물까지 끌려오자 노인은 고물 너머로 몸을 기울여 자주색 반점을 드러낸 채 황금빛으로 번쩍거리는 녀석을 배 안쪽으로 끌어올렸다. 만새기

는 주둥이를 발작적으로 빠르게 벌렸다 다물었다 하며 낚
싯바늘을 뿌리치려고 용을 쓰면서 꼬리와 머리와 길고 넓
적한 몸뚱이로 배 바닥을 마구 두드려댔다. 만새기는 노인
이 그 반짝이는 황금빛 대가리를 몽둥이로 후려치자 마침
내 부르르 몸을 한 번 떨고는 잠잠해졌다.

노인은 만새기 주둥이에서 낚싯바늘을 빼내고는 다시 정
어리 미끼를 끼워 뱃전 너머로 던졌다. 그리고는 천천히 조
심스럽게 뱃머리로 옮겨가 왼손을 씻은 뒤 바지에 문질러
닦았다. 노인은 오른손으로 쥐고 있던 무거운 줄을 왼손으
로 옮겨 쥐고 오른손을 바닷물에 씻으면서 태양이 바닷속
으로 가라앉는 모습과 굵은 낚싯줄의 비스듬한 기울기를
살펴보았다.

"놈은 조금도 변함이 없군." 노인이 말했다. 하지만 오른
손으로 와서 부딪는 바닷물의 움직임을 보면 속도는 눈에
띌 만큼 느려진 것을 알 수 있었다.

"고물에다 노 두 개를 가로로 함께 묶어 물에 담가둬야겠
어. 그러면 밤사이 놈의 속도를 떨어뜨릴 수 있을 거야. 놈
은 오늘밤도 충분히 잘 버틸 거고 나 역시 잘 버틸 거야."
노인이 말했다.

만새기 내장은 조금 기다렸다가 발라내는 게 좋겠어. 그
래야 피가 살 속에 그대로 남아 있을 테니까 말이야. 노인

은 생각했다. 그리고 배에 저항력을 더하도록 노를 매어놓는 것도 그때 같이 하자. 지금은 놈을 가만히 내버려두는 게 좋아. 해질녘에 너무 자극하는 건 좋지 않아. 해질 무렵은 어떤 물고기에게도 힘든 시간이니까.

노인은 바람에 말린 오른손으로 낚싯줄을 꽉 움켜쥔 다음 가능한 편한 자세를 취했다. 그런 다음 줄에 당겨지는 몸을 뱃머리 판자에 바짝 기대어 붙였는데, 그렇게 해서 물고기가 끄는 힘을 자기가 받는 만큼, 아니 훨씬 더 많이 배에 떠맡길 수 있었다.

점점 요령을 터득해가고 있어. 노인은 생각했다. 어쨌든 이 상황에선 이렇게 하는 거야. 게다가 놈은 낚시에 걸린 뒤로 아무것도 먹지 못했다는 걸 기억해. 엄청 큰 놈이라 많이 먹어야 할 텐데 말이야. 난 다랑어 한 마리를 고스란히 먹었지. 내일은 만새기를 먹을 수 있어. 노인은 만새기를 '도라도'(만새기를 가리키는 스페인어)라고 불렀다. 어쩌면 내장을 발라낼 때 조금 먹어둬야 할지도 몰라. 다랑어보다는 먹기가 힘들 거야. 하지만 그렇게 따지면 세상에서 쉬운 일이란 없는 법이지.

노인이 말했다. "이봐 물고기 친구, 자넨 지금 어떠신가? 난 쌩쌩하다네. 왼손도 좋아졌고, 내일 낮까지 먹을 것도 있지. 이봐, 친구, 어디 배나 열심히 끌어보시지."

노인이 실제로 쌩쌩한 상태인 것은 아니었다. 등을 짓누르는 낚싯줄의 고통이 이미 통증의 정도를 넘어서 무감각한 상태에 이르렀고, 그건 심상치 않은 조짐이었다. 하지만 전엔 이보다 더 심한 고통도 겪었잖아, 하고 노인은 생각했다. 오른손에 상처를 약간 입었을 뿐이고 왼손에 났던 쥐는 다 풀렸어. 두 다리도 끄떡없고, 게다가 먹는 문제에 있어서 난 지금 저놈보다 유리한 위치에 있고 말이야.

날은 벌써 어두웠다. 9월에는 해가 지면 이렇게 바로 어두워진다. 노인은 모서리가 닳은 뱃머리 판자에 기대고 누워 될 수 있는 한 충분히 쉬었다. 첫 별이 떴다. 그는 리겔성(오리온자리의 베타성)이라는 이름은 몰랐지만 그 별을 보자 이제 곧 다른 별들도 모두 나타나리란 것은 알았다. 그렇게 되면 저 멀리 반짝이는 친구들을 모두 만나게 되리라.

노인이 큰소리로 말했다. "저 물고기 녀석도 내 친구이긴 하지. 내 평생 저런 놈은 보기는 커녕 들어본 적도 없어. 하지만 난 놈을 죽여야만 해. 별들을 죽여야 하는 게 아니라서 참 다행이지 뭐야."

노인은 생각했다. 만약 사람이 매일 달을 죽이려 해야 한다고 상상해봐. 달은 도망쳐버리고 말겠지. 그것도 그렇지만 만약 사람이 매일 태양을 죽여야 한다고 해봐. 그렇게 태어나지 않은 게 천만다행이지.

노인은 문득 아무것도 먹지 못한 그 커다란 물고기가 불쌍해졌다. 그렇지만 그런 연민에도 불구하고 물고기를 죽이겠다는 결심은 결코 약해지지 않았다. 놈을 잡으면 몇 사람이나 먹을 수 있을까? 하지만 놈을 먹을 만한 자격이 그 사람들에게 있을까? 없지, 물론 없고말고. 놈의 행동거지와 대단한 위엄을 생각할 때 놈을 먹을 자격이 있는 사람은 아무도 없어.

이런 일들에 대해서는 난 모르겠어, 하고 노인은 생각했다. 어쨌든 우리가 태양이나 달이나 별을 죽이려고 애쓰지 않아도 되는 건 다행이야. 바다에서 살아가면서 우리의 진정한 형제를 죽이는 것만으로도 충분하니까 말이야.

노인은 생각했다. 자, 이제 노를 써서 배에 저항력을 더하는 일에 대해 생각해봐야 해. 거기엔 위험한 점도 있고 좋은 점도 있지. 만약 놈이 힘을 써서 줄을 세게 끌었을 때, 노 때문에 저항력이 생겨 배가 무거워지면 난 놈에게 줄을 아주 많이 풀어줘야 할 거고 그러다가 놈을 놓칠 수도 있어. 배가 가벼우면 놈과 나 둘 다 고통이 길어지겠지만 내 안전을 보장해 주는 길이기도 해. 놈은 아직 전혀 드러내지 않은 굉장한 속도를 낼 수 있을 테니까. 어쨌거나 만새기가 상하기 전에 내장을 발라내고, 힘을 내기 위해 좀 먹어둬야 해.

이제 한 시간쯤 더 쉬었다가 놈이 여전히 힘이 남아 있고

팔팔한지 알아본 뒤에 고물로 가서 노를 매어놓을지 결정
하자. 쉬면서도 놈이 어떤 행동을 하는지 어떤 변화가 있는
지 알 수 있지. 노를 매어놓는다는 건 좋은 생각이야. 하지
만 지금은 안전하게 굴어야 할 때지. 아직 놈은 대단한 힘
을 가진 물고기야. 낚싯바늘이 주둥이 한 귀퉁이에 박혀 있
고 놈이 주둥일 꽉 다물고 있는 걸 난 분명히 봤지. 하지만
놈에게 낚싯바늘이 주는 고통쯤은 아무것도 아닐 거야. 굶
주림의 고통, 그리고 자기가 알지 못하는 어떤 존재와 대결
하고 있다는 사실, 그게 가장 견디기 힘든 문제겠지. 자, 이
보게, 늙은이, 자넨 이제 그만 쉬도록 해. 다음 일이 닥칠
때까지는 놈이 계속 애를 쓰도록 내버려두라고.

　노인이 생각하기에 두 시간은 족히 쉰 것 같았다. 늦은
시간까지 달이 뜨지 않는 시기였으므로 정확한 시간은 알
길이 없었다. 그리고 쉬었다고는 해도 비교적 그렇다는 말
이지 정말로 쉰 것은 아니었다. 여전히 노인은 물고기가 끄
는 힘을 양어깨로 받아 버티고 있었다. 하지만 왼손으로 뱃
머리의 가장자리를 잡고 물고기에게 저항하는 힘을 가급적
배 자체에 실리도록 했다.

　만약 낚싯줄을 배에 잡아매어둔다면 정말로 일이 쉬워질
텐데, 하고 노인은 생각했다. 하지만 그랬다간 저놈이 갑자
기 조금이라도 몸부림을 친다면 줄이 끊어질 수도 있지. 낚

싯줄을 당기는 힘을 내 몸으로 버티면서 언제든지 두 손으로 줄을 풀어 줄 수 있도록 준비를 하고 있어야 해.

노인이 큰소리로 말했다. "하지만 이 늙은이야, 자넨 아직 한숨도 자지 못했다고. 반나절 그리고 하룻밤, 또 하루가 지났는데 한숨도 못잤잖아. 뭔가 방법을 생각해내서, 놈이 저렇게 얌전히 가는 동안 잠깐 눈을 좀 붙여야만 해. 잠을 못 자면 머리가 흐리멍덩해질지도 몰라."

노인은 생각했다. 내 정신은 아직 충분히 맑아. 너무 맑다고 할 정도야. 내 형제인 저 별들만큼이나 맑아. 그렇더라도 눈을 좀 붙이긴 해야 해. 별들도 잠을 자고 달과 태양도 잠을 자잖아. 심지어 바다조차도 이따금 잠자는 날이 있어서 그럴 때는 해류의 흐름도 없이 죽은 듯 고요하기만 하지.

어쨌든 잠자는 걸 잊어선 안 돼, 하고 노인은 생각했다. 억지로라도 눈을 붙여야 해. 줄을 다룰 뭔가 간단하고 확실한 방법을 생각해내야 해. 자, 고물로 가서 만새기를 손질하자. 잠을 자야 한다면, 노를 고물에 묶어서 장애물로 삼는 건 너무 위험해.

나는 잠을 자지 않고서도 견딜 수 있어, 하고 노인은 혼잣말을 했다. 하지만 그건 너무 위험해.

노인은 물고기에게 갑작스레 충격을 주지 않기 위해 조

심하면서 두 손과 무릎으로 기어 고물 쪽으로 옮겨갔다. 노인은 생각했다. 놈이야 말로 정작 반쯤 잠들어 있을지도 몰라. 놈이 잠을 자게 해선 안 돼. 죽을 때까지 배를 끌게 해야 해.

고물 쪽으로 간 노인은 몸을 돌려, 어깨를 가로질러 당기는 줄의 힘을 왼손으로 옮겨 잡은 뒤 오른손으로 칼집에서 칼을 뽑았다. 별빛이 환히 빛나고 있어서 만새기가 똑똑히 보였다. 노인은 칼날을 만새기 대가리에 푹 찔러 고물 밑에서 끌어낸 다음 한쪽 발로 물고기를 밟고 꽁무니에서 주둥이 아래까지 칼로 그어 신속하게 배를 갈랐다. 그리고 칼을 내려놓고는 오른손을 배속에 집어넣어 내장을 깨끗이 파내고 아가미도 남김없이 뜯어냈다. 손에 만져지는 밥통 부분이 묵직하고 미끈미끈해서 칼로 갈라보니, 날치 두 마리가 들어 있었다. 아직 싱싱하고 살이 단단한 날치들이었다. 노인은 날치를 나란히 꺼내놓고 만새기의 내장과 아가미를 고물 너머로 던졌다. 그것들은 물속에 인광을 발하면서 길게 꼬리를 늘어뜨리며 가라앉았다. 차갑게 식은 만새기는 별빛을 받아 희뿌연 납빛으로 보였다. 노인은 오른발로 대가리를 밟아 누르고 한쪽 껍질을 벗겨냈다. 그리고 뒤집어서 나머지 한쪽의 껍질을 벗겨 낸 다음 양쪽 살을 머리에서 꼬리까지 각각 발라냈다.

노인은 뼈만 남은 만새기를 뱃전 너머로 미끄러뜨려 떨어뜨리고는 물속에 소용돌이가 일어나는지 주의해서 살폈다. 하지만 천천히 가라앉는 만새기 사체의 인광만 보일 뿐이었다. 노인은 몸을 돌려서 발라낸 만새기 살 조각 사이에 날치 두 마리를 끼워 넣었다. 그리고 칼을 칼집에 꽂고서 뱃머리 쪽으로 다시 천천히 옮겨갔다. 오른손에 고기 조각을 든 그의 등은 어깨를 짓누르는 낚싯줄의 무게로 인해 구부정하게 굽어져 있었다.

뱃머리로 돌아온 노인은 발라낸 만새기 살 두 조각을 뱃머리 판자에 펼쳐놓고 그 옆에 날치를 꺼내놓았다. 그리고 난 뒤 어깨를 가로지른 줄의 위치를 바꾸고는 왼손으로 다시 줄을 잡으며 뱃전에 기댔다. 그는 뱃전 너머로 몸을 기울여 날치를 바닷물에 씻으면서 손에 부딪는 물결의 속도에 주의를 기울이면서 물고기 껍질을 벗기느라 인광을 뿜어내는 오른손에 와 닿는 물결의 흐름을 지켜보았다. 물결은 전보다 약해져 있었다. 손날을 뱃전 바깥에 문질러 닦자 인광 가루가 떨어져 고물 쪽으로 천천히 흘러갔다.

"놈은 아마 지쳤거나 아니면 쉬고 있을 거야. 그러니 나도 이 만새기를 먹는 고역을 얼른 끝내도록 하자. 그리고 좀 쉬고 눈도 좀 붙이는 거야." 노인이 말했다.

별빛 아래, 시시각각 싸늘해져가는 밤공기 속에서 노인

은 발라낸 만새기 살 반 조각과 내장을 제거하고 대가리를 잘라낸 날치 한 마리를 꾸역꾸역 먹었다.

"요리를 해서 먹으면 만새기는 참 훌륭한 생선인데, 날것으로 먹기엔 좀 역겹군. 다음부터 배를 탈 때는 소금이나 라임을 꼭 준비해야겠어." 노인이 말했다.

머리를 좀 썼더라면 뱃머리에다 하루 종일 바닷물을 뿌려서 말렸을 거고, 그랬으면 소금이 생겼을 텐데, 하고 노인은 생각했다. 하지만 내가 만새기를 잡은 건 해가 다 졌을 때였어. 그래도 준비가 부족했던 건 사실이야. 어쨌든 모두 잘 씹어서 먹었고 구역질도 나지 않았지.

동쪽 하늘에 구름이 잔뜩 끼더니 그가 알고 있는 별들이 하나 둘 사라졌다. 이제 배는 마치 거대한 구름의 협곡으로 들어가고 있는 것처럼 느껴졌다. 바람은 잠잠했다.

"사나흘 뒤에는 날씨가 고약해지겠군. 하지만 오늘 밤과 내일은 괜찮을 거야. 자, 이보게, 늙은이 이제 눈을 좀 붙일 채비를 하게나. 저놈이 이대로 얌전히 가는 동안 말이야." 노인이 말했다.

노인은 오른손으로 줄을 꽉 움켜쥔 다음 허벅지로 오른손을 꽉 누르면서 뱃머리 판자에 온몸의 무게를 실으며 기댔다. 그런 다음 어깨 위의 줄을 약간 밑으로 내리고는 왼손으로 줄을 단단히 거머쥐었다.

허벅지로 꽉 누르고 있는 동안에는 오른손으로 낚싯줄을 잡을 수 있을 거야, 하고 노인은 생각했다. 만약 잠을 자는 동안 줄이 풀려나가면 왼손이 나를 깨워 줄 거야. 오른손에겐 힘이 드는 일이겠지만 오른손은 힘든 일에 익숙해져 있지. 20분이나 반시간만 눈을 붙일 수 있어도 좋을 텐데. 노인은 온몸의 무게를 오른손 위에 실은 채, 몸 전체로 낚싯줄을 죄어 당기며 몸을 웅크렸다. 그리고 잠이 들었다.

노인은 사자 꿈을 꾸지 않았다. 그 대신 13킬로미터에서 16킬로미터 가량 널리 퍼져 큰 무리를 이룬 돌고래 꿈을 꾸었다. 마침 짝짓기 때여서 돌고래들은 공중으로 높이 뛰어올랐다가는 뛰어오를 때 수면에 생긴 바로 그 구멍 속으로 다시 떨어지곤 했다.

그런 다음 노인은 자기 집 침대에 누워 자는 꿈을 꾸었다. 강한 북풍이 불었고 몹시 추웠으며, 베개 대신 오른팔을 베고 있어서 오른팔이 마비되어 저렸다.

그리고 나서 노인은 길게 뻗은 황금빛 해변 꿈을 꾸기 시작했다. 막 밀려오는 어스름 속에서 맨 처음 해변으로 내려오는 사자가 보였다. 곧 다른 사자들도 뒤따라 나타나기 시작했다. 노인이 탄 배가 뭍에서 불어오는 저녁 산들바람을 받으며 닻을 내리고 있었고 그는 뱃머리 판자에 턱을 괴고 앉아 있었다. 그리고 사자들이 더 나타나는지 보려고 기다렸다. 그는 행복했다.

달이 뜬 지도 한참 되었지만 노인은 계속해서 잤고, 물고기는 변함없이 배를 끌고 갔다. 배는 구름의 터널 속으로 미끄러져 들어가고 있었다.

갑자기 오른 주먹이 위로 홱 당겨져 얼굴을 치고 오른 손바닥이 화끈할 정도로 줄이 풀려나가는 바람에 노인은 잠에서 깼다. 왼손에는 어찌 된 일인지 아무런 느낌도 없었다. 일단 오른손으로 온 힘을 다해 줄이 풀려나가는 속도를 늦추려고 했음에도 줄은 무서운 속도로 풀려나갔다. 마침내 왼손도 줄을 찾아 잡았고 노인은 몸을 젖혀 줄을 등에 대고 버텼다. 그러자 이제 등짝과 왼손이 타는 것처럼 뜨거웠다. 온힘을 다해 줄을 잡는 바람에 왼손에 심한 상처가 났다. 노인은 예비 낚싯줄 뭉치들을 돌아보았다. 그 줄도 술술 풀려나가고 있었다. 바로 그때 물고기가 거대한 폭발을 일으키듯 물 위로 뛰어올랐다가 첨벙 소리를 내며 다시 물속으로 떨어졌다. 그리고는 다시 연거푸 뛰어올랐으며 줄이 여전히 계속해서 풀려나가는데도 배는 무서운 힘으로 내달리고 있었다. 노인은 줄이 끊어지기 직전까지 힘주어 당겼다가 놓아주고 또 당겼다가 놓아주면서 버텼다. 그는 뱃머리 쪽으로 바싹 끌려가 잘라놓았던 만새기 살 조각에 얼굴이 처박힌 채 꼼짝할 수가 없었다.

기다리던 순간이 드디어 온 거야, 하고 노인은 생각했다. 그러니 자, 당당하게 맞붙어보자.

놈에게 낚싯줄 값을 치르게 하고 말겠어, 하고 노인은 생각했다. 꼭 대가를 치르게 하고말고.

노인은 물고기가 뛰어오르는 걸 볼 수 없었다. 그저 바다가 부서지는 소리와 물고기가 무겁게 철썩하며 떨어지는 소리만 들을 수 있었다. 빠른 속도로 풀려나가는 줄에 의해 그의 두 손은 심한 상처를 입었다. 하지만 이런 일이 일어나리라고 이미 각오하고 있었던 터였다. 그는 굳은살이 박인 부분에만 줄이 쓸리도록 하면서 줄이 손바닥으로 파고들거나 손가락에 상처를 입히지 않게 하려고 애썼다.

그 애가 곁에 있다면 줄 뭉치에 물을 뿌려 적셔줄 텐데, 하고 노인은 생각했다. 그래. 그 애가 곁에 있다면, 그 애가 곁에 있기만 하다면.

줄은 쉬지 않고 계속 풀려나갔지만 이제 속도가 줄었다. 노인은 물고기에게 단 한 치의 줄도 쉽게 내주지 않았다. 이제 노인은 뺨으로 짓뭉개고 있던 만새기 살 조각에서 얼굴을 떼며 뱃머리 판자에서 고개를 들었다. 그런 다음 무릎을 꿇었다가 천천히 발을 딛고 일어섰다. 그러면서 줄은 계속 풀어주기는 했지만 그 속도를 점점 늦췄다. 그는 줄 뭉치가 놓인 곳으로 조심스레 옮겨간 뒤, 어두워서 보이지 않

는 그 줄 뭉치를 발로 건드려 느껴보았다. 줄은 아직 많이 남아 있었다. 이제 물고기는 새로 풀려나간, 물속에서 마찰을 일으키고 있는 그 모든 줄을 힘들게 끌어야만 할 터였다.

그래, 됐어, 하고 노인은 생각했다. 게다가 놈은 십여 차례 넘게 뛰어올라서 등줄기를 따라 있는 부레에 공기를 잔뜩 채웠어. 이제 내가 끌어올리지 못할 깊은 바닷속으로 내려가 죽을 수는 없어. 놈은 곧 원을 그리며 돌겠지. 그러면 난 놈에게 내 솜씨를 보여줘야 해. 그런데 무엇 때문에 놈은 그렇게 갑자기 날뛰었을까? 너무 굶주려서 필사적으로 날뛴 걸까, 아니면 어둠속에서 뭔가에 놀란 걸까? 어쩌면 갑자기 공포를 느꼈는지도 몰라. 하지만 놈은 아주 침착하고 강한 물고기라서 두려움 따위가 전혀 없다는 듯 아주 자신만만해 보였는데. 거 참 이상한 일이군.

노인이 말했다. "이보게, 늙은이, 자네나 두려워 말고 자신감을 갖도록 하시지. 놈을 다시 붙들긴 했지만 줄을 아직 끌어당기지 못하고 있잖아. 하지만 놈은 곧 원을 그리며 돌게 될 거야."

노인은 이제 왼손과 양어깨로 물고기의 힘에 맞섰고, 그 상태로 허리를 구부려 오른손으로 바닷물을 떠서 짓뭉개져서 얼굴에 들러붙은 만새기 살점을 씻어냈다. 그냥 놔뒀다가 구역질이 나서 토하게 되면 힘이 빠질까 걱정이 되었기 때문이다. 얼굴을 닦아낸 뒤에는 오른손을 뱃전 너머 바닷물에 담가 씻었다. 그리고 손을 짠 바닷물에 그대로 담근 채 해뜨기 전의 첫 새벽빛이 비치는 것을 지켜보았다. 노인은 생각했다. 놈이 거의 동쪽으로 방향을 틀었군. 그건 놈이 지쳐서 해류에 떠내려 가고 있다는 걸 의미하지. 놈은 곧 원을 그리며 돌게 될 거야. 그러면 우리의 진짜 대결이 시작되는 거지.

오른손을 바닷물에 충분히 오랫동안 담가놓았다고 판단한 노인은 손을 물에서 꺼내 살펴보았다.

"그리 나쁜 상태는 아니군. 고통쯤이야 사내에겐 별거 아니지." 노인이 중얼거렸다.

노인은 줄에 쓸려 새로 생긴 상처에 줄이 닿지 않도록 주의하며 오른손으로 조심스레 줄을 잡았다. 그리고 몸의 무게중심을 옮겨 다른 편 뱃전 너머로 왼손을 바닷물에 담갔다.

"빌빌한 놈치곤 너도 구실을 영 못하진 않았어. 하지만 필요할 때 네놈을 찾을 수 없었던 순간도 있었지." 노인이 말했다.

어째서 난 양쪽 다 강한 손을 타고나지 못했을까? 노인은 생각했다. 이 왼손 녀석을 제대로 훈련시키지 못한 내 잘못인지도 모르지. 하지만 하느님도 아시지만 이놈이 배울 수 있는 기회는 얼마든지 있었어. 그리고 간밤에도 영구실을 못하진 않았지. 쥐도 한 번밖에 안 났고 말이야. 만약 또다시 쥐가 나면 낚싯줄에 끊어져버리게 하고 말 테다.

이런 생각에 이르자 노인은 자신이 맑은 정신상태가 아니라는 걸 깨달았다. 그래서 만새기를 좀 씹어 먹어야겠다고 생각했다. 하지만 못 먹겠어. 그는 자신에게 말했다. 구역질로 힘이 빠지는 것보다는 정신이 좀 멍하고 흐릿한 게 차라리 나아. 게다가 내 얼굴을 처박았던 물고기잖아. 먹는다고 해도 다시 토하게 될 게 분명해. 상할 때까지 그냥 비상용으로 남겨두자. 하지만 영양분을 섭취해서 기운을 얻기에는 이제 너무 늦었어. 이런 바보. 노인은 자신에게 말했다. 날치가 한 마리 남은 게 있잖아. 그걸 먹어.

과연 깨끗이 손질해서 먹기 좋게 준비해둔 날치가 거기 있었다. 노인은 왼손으로 그걸 집어 입에 넣었다. 그리고 뼈까지 꼭꼭 잘 씹어서 꼬리까지 모두 먹어치웠다.

날치보다 영양분이 많은 물고기는 아마 없을 걸, 하고 노인은 생각했다. 적어도 내게는 지금 필요한 힘을 주는 데 날치만한 건 없어. 자, 이제 내가 할 수 있는 건 다 했어. 놈에게 원을 그리며 돌라고 해. 난 싸울 준비가 되어 있으니까.

노인이 바다로 나온 뒤로 세 번째 태양이 떠오르고 있었다. 바로 그때 물고기가 원을 그리며 돌기 시작했다.

줄의 기울기만 가지고는 물고기가 돌고 있다는 사실을 알 수는 없었다. 그러기엔 아직 일렀다. 다만 줄을 당기는 힘이 희미하게나마 살짝 느슨해지는 걸 느꼈을 뿐이다. 그는 오른손으로 줄을 가만히 잡아당겼다. 줄은 여전히 팽팽하게 쫙 펴졌다. 하지만 금방이라도 끊어질 것 같은 마지막 한계점에 도달한 순간 줄이 끌려오기 시작했다. 노인은 어깨와 머리를 숙여 줄을 앞으로 벗긴 다음 가만히 그리고 지속적으로 줄을 끌어당기기 시작했다.

그는 두 손을 사용하며 몸을 스윙하듯 좌우로 흔들면서 할 수 있는 한 몸통과 두 다리의 힘으로 줄을 당겼다. 그의 늙은 두 다리와 어깨는 중심축이 되어 줄을 당기는 몸짓에 따라 움직였다.

노인이 말했다. "굉장히 큰 원을 그리며 도는데! 하지만 놈이 돌고 있는 것만은 분명해."

그러다가 줄이 더는 끌려오지 않았다. 노인은 줄에서 물방울이 햇빛을 받으며 튕겨나가는 것을 볼 때까지 줄을 잡고 버텼다. 그러다가 물고기가 줄을 휙 잡아당겼고 노인은 무릎을 꿇으며 어쩔 수 없이 줄을 풀어 어두운 바닷속으로 다시 돌려보내야 했다.

"놈이 지금 원의 먼 끝부분을 돌고 있는 거야." 노인이 말했다. 그리고 생각했다. 최대한 당기며 버텨야 해. 힘껏 당기고 있으면 놈이 도는 원은 매번 작아질 거야. 아마 한 시간쯤 뒤에는 놈을 볼 수 있을걸. 자, 이제 난 놈을 제압해야 해. 그런 다음 죽여야 해.

하지만 물고기는 계속해서 천천히 원을 그리며 돌았고, 두 시간쯤 지나자 노인은 땀에 흠뻑 젖은 채 뼛속까지 지쳤다. 하지만 원의 크기가 이제 훨씬 작아졌고, 낚싯줄의 기울기로 볼 때 물고기가 그동안 헤엄치면서 점차 위로 올라왔다는 사실을 알 수 있었다.

한 시간쯤 전부터 노인의 눈앞에는 검은 반점들이 보이기 시작했고, 땀이 흘러내려 눈이 따가웠다. 또 눈가와 이마에 난 상처도 쓰라렸다. 노인은 눈앞에 있는 반점이 보이는 걸 별로 염려하지 않았다. 낚싯줄을 있는 힘껏 당길 때면 으레 생기는 현상이었다. 그러나 두 번인가 현기증이 나며 아찔해지는 느낌이 들었는데, 이건 좀 걱정스러운 증상이었다.

노인이 말했다. "이런 물고기를 눈앞에 두고 기력이 다해 죽을 수는 없지. 놈이 마침내 아주 잘 올라오고 있는데. 하느님 제발 제가 견뎌낼 수 있게 도와주옵소서. 주기도문이랑 성모송을 백 번씩이라도 얼마든지 외우겠습니다. 지금 당장 외울 수는 없지만 말입니다."

일단 외운 걸로 쳐 주십시오, 노인은 생각했다. 나중에

꼭 외우겠습니다.

바로 그때 노인은 두 손으로 잡고 있던 줄이 튕겨지며 갑자기 왈칵 당겨지는 것을 느꼈다. 날카롭고 강하고 육중한 힘이었다.

놈이 철사로 된 낚시 목줄을 주둥이로 치고 있군, 하고 노인은 생각했다. 당연히 일어날 일이지. 놈은 그렇게라도 하지 않을 수 없겠지. 하지만 그 때문에 놈이 뛰어오른 건 놈의 부레에 공기가 채워지도록 했으니까 필요한 일이었어. 하지만 이제부터는 매번 뛰어오를 때마다 낚싯바늘이 박힌 부위가 벌어져서 잘못하면 바늘이 빠져버릴 수 있단 말이야.

"뛰어오르지 마라, 물고기야. 뛰어오르지 마." 노인이 말했다.

물고기는 철사 줄을 몇 번 더 쳤다. 물고기가 머리를 흔들어댈 때마다 노인은 줄을 조금씩 풀어주었다.

놈의 고통을 지금 이 정도로 유지시켜야 해, 하고 노인은 생각했다. 내 고통은 상관없어. 내가 충분히 통제할 수 있으니까. 하지만 놈의 고통은 놈을 미쳐 날뛰게 할 수도 있어.

잠시 후 물고기는 철사 줄 치는 것을 멈추더니 다시금 천천히 원을 그리며 돌기 시작했다. 노인은 이제 줄을 지속적으로 끌어들였다. 하지만 현기증이 났다. 그는 왼손으로 바닷물을 조금 길어 올려 머리 위에 끼얹었다. 그리고 몇 번 더 그렇게 물을 끼얹었고 나서 목덜미를 문질렀다.

"쥐는 나지 않는군. 놈은 곧 올라올 것이고 난 견딜 수 있어. 아니, 반드시 견뎌야 해. 그 따위 말은 아예 하지도 마." 노인은 말했다.

노인은 뱃머리에 기대며 무릎을 꿇고 앉았다. 그리고 잠시 동안 줄을 등 뒤로 다시 넘겨 걸쳤다. 놈이 원의 먼 쪽을 돌고 있는 동안 좀 쉬었다가 가깝게 돌 때 일어나서 놈을 상대하도록 하자, 노인은 그렇게 마음을 먹었다.

낚싯줄을 당기는 대신 그냥 뱃머리에 기대어 쉬면서 물고기 혼자 한 바퀴 돌도록 내버려두고 싶은 마음이 아주 큰 유혹으로 다가왔다. 하지만 당겨지는 힘이 늦춰지는 것으로 미루어 물고기가 배 쪽으로 방향을 바꿔 돌고 있음을 알았을 때, 노인은 두 발을 딛고 일어서서 몸을 중심축으로 삼아 두 팔을 번갈아 움직이며 줄을 잡아당겨 배 안으로 감아 들이기 시작했다.

노인은 생각했다. 이렇게 지치고 힘들었던 적은 한 번도 없었어. 무역풍이 불기 시작하는군. 하지만 놈을 싣고 돌아가는 데 도움이 될 좋은 바람이야. 내게 꼭 필요한 바람이지.

노인이 말했다. "놈이 다음번에 먼 쪽에서 선회할 때 또 쉬도록 하자. 아까보다는 기분이 한결 좋군. 이제 두세 번쯤 더 돌면 놈을 잡을 수 있을 거야."

노인의 밀짚모자는 머리 뒤통수 쪽으로 훌렁 젖혀져 있었다. 줄이 당겨지면서 물고기가 바깥쪽으로 방향을 트는 것이 느껴졌을 때 노인은 뱃머리에 털썩 주저앉았다.

노인은 생각했다. 자, 열심히 계속해서 돌게, 물고기 친구. 한 바퀴 돌고 오면 내가 상대를 해 주겠네.

파도가 상당히 높아져 있었다. 하지만 날씨가 좋을 때만 부는 미풍이었고, 집으로 돌아갈 때 필요한 바람이었다.

노인이 말했다. "그저 배가 남서쪽으로 향하도록만 해놓으면 될 거야. 바다에서는 길을 잃는 법이 없지. 게다가 쿠바는 아주 긴 섬이니까."

물고기가 모습을 보인 것은 세 바퀴째 돌던 때였다.

처음에는 배 밑을 지나는 물고기의 시커먼 그림자가 보였는데, 다 지나갈 때까지 시간이 한참 걸려서 그 길이를 믿을 수 없을 정도였다.

"아냐. 그렇게 큰 놈일 리는 없어." 노인은 말했다.

하지만 물고기는 정말 그렇게 컸다. 돌고 있던 원을 다 그린 뒤 물고기는 배에서 겨우 30미터밖에 떨어지지 않은 곳에서 수면으로 떠올랐다. 물 밖으로 나온 꼬리가 먼저 보였다. 큼직한 낫보다도 훨씬 큰 꼬리는 검푸른 바닷물 위로 솟아 엷은 보랏빛을 띠고 있었다. 꼬리는 뒤쪽으로 비스듬히 기울어 있었는데, 물고기가 수면 바로 아래를 헤엄쳐 갈 때 거대한 몸통과 띠를 두른 것 같은 자줏빛 줄무늬가 보였다. 등지느러미는 아래쪽으로 늘어져 있었고, 거대한 가슴지느러미는 양쪽으로 활짝 펼쳐져 있었다.

이번에 회전을 할 때 노인은 물고기의 눈을 똑똑히 볼 수 있었고, 또 잿빛 빨판상어 두 마리가 물고기 곁에서 함께 헤엄치는 모습도 보았다. 빨판상어들은 어떤 때는 물고기에게 달라붙었다가 어떤 때는 휙 떨어져 나오는가 하면, 또 어떤 때는 물고기 그림자 밑에서 한가롭게 헤엄치기도 했다. 두 마리 모두 90센티미터가 넘어 보였으며, 빠르게 헤엄칠 때는 온몸을 뱀장어처럼 맹렬하게 흔들어댔다.

노인은 지금 땀을 많이 흘리고 있었지만 그건 꼭 햇빛 때문만은 아니었다. 물고기가 얌전하고도 침착하게 회전을 할 때마다 노인은 줄을 계속 끌어당겼다. 이제 두 바퀴만 더 돌면 작살을 꽂을 기회가 생기리라고 그는 확신했다.

하지만 놈을 아주 바짝, 최대한 바짝 붙여놓아야 해, 하고 노인은 생각했다. 그리고 머리를 노려서는 안 돼. 심장을 찔러야 해.

"이봐, 늙은이. 진정하고 힘을 내게나." 노인은 말했다.

한 바퀴 더 돌았을 때 물고기 등이 수면 위로 나왔다. 하지만 배에서 좀 먼 거리였다. 다시 한 바퀴 더 돌았을 때도 물고기는 아직 너무 멀리 있었지만 몸통이 물 위로 훨씬 높이 올라와 있었다. 노인은 줄을 얼마간 더 끌어당기면 물고기를 배와 나란히 붙일 수 있겠다고 확신했다.

작살은 이미 한참 전부터 준비해놓고 있었다. 작살에 연결된 가벼운 밧줄은 둘둘 감아서 둥근 바구니에 담아두었고 그 끝은 뱃머리의 말뚝에 단단히 묶어놓았다.

물고기가 다시 원을 그리며 돌아오고 있었다. 차분하고 아름다운 모습이었고 커다란 꼬리만 움직이고 있었다. 노인은 물고기를 좀 더 가까이 끌어당기기 위해 온 힘을 다해 줄을 잡아당겼다. 아주 잠깐 물고기는 배를 보이며 옆으로 약간 뒤집어졌다. 그러더니 금세 자세를 바로잡고는 다시 원을 그리며 돌기 시작했다.

노인이 말했다. "놈을 기우뚱하게 만들었어. 내가 놈을 기우뚱하게 만들었다고."

노인은 다시 현기증을 느꼈다. 하지만 온 힘을 짜내어 그 커다란 물고기를 붙들고 늘어졌다. 그는 생각했다. 내가 놈을 기우뚱하게 만들었어. 아마 이번에는 완전히 뒤집을 수 있을지도 몰라. 손아, 당겨라. 그리고 두 다리야, 끝까지 버텨다오. 머리야, 너도 마지막까지 나를 위해 잘 견뎌다오.

나를 위해 견뎌 줘야 해. 넌 한 번도 무너진 적이 없잖아. 자, 이번에야말로 저 녀석을 끌어당기고 말테다.

그러나 물고기가 뱃전에 나란히 와 닿기 전부터 노인은 온 힘을 다해 잡아끌기 시작했지만 물고기는 약간 뒤뚱거리더니 이내 몸을 바로 세우고는 도망쳐 버렸다.

노인이 말했다. "물고기야. 이 물고기 녀석아, 넌 어쨌든 죽어야 할 운명이야. 그렇다고 나까지 죽어야 하겠니?"

그래봤자 아무 소용도 없어, 하고 노인은 생각했다. 입이 너무 말라서 말도 할 수 없는 지경이었다. 하지만 지금은 물병을 집기 위해 손을 뻗을 상황이 아니었다. 이번에야말로 놈을 배와 나란히 끌어다 붙여놓고 말거야, 하고 그는 생각했다. 물고기를 몇 바퀴 더 돌게 할 만큼 내게 힘이 남아 있지 않아. 아냐, 충분히 남아 있어. 그는 자신에게 말했다. 넌 얼마든지 버틸 수 있어.

물고기가 다시 한 바퀴 돌았을 때 노인은 놈을 거의 잡을 뻔 했다. 하지만 이번에도 물고기는 몸을 바로 세우더니 천천히 헤엄쳐 멀어져갔다.

노인은 생각했다. 물고기 친구, 자네는 날 죽일 작정이군. 하지만 자네도 그럴 권리가 있지. 나의 형제여, 난 자네보다 더 훌륭하고 아름답고 침착하고 고상한 존재를 결코 본 적이 없다네. 자, 어서 와서 나를 죽이게. 누가 누굴 죽

이든 난 이제 상관없다네.

노인은 생각했다. 자네, 이제 정신이 몽롱해지는군. 머리를 맑게 해야 해. 정신 똑바로 차리고 사나이답게 이 고난을 어떻게 견뎌낼지 생각해. 아니면 물고기처럼 고통을 견디는 거라도.

"머리통아, 정신 차려." 자신도 거의 듣지 못할 만큼 작은 목소리로 노인이 말했다. "정신 차려."

물고기가 다시 두 바퀴나 더 돌았지만 상황은 여전히 똑같았다.

어떻게 해야 할지 모르겠군, 노인은 생각했다. 두 번 다그는 정신이 아득해지며 쓰러질 뻔했다. 정말 모르겠군. 하지만 한번 시도해보자.

노인은 한 번 더 시도했다. 그리고 물고기를 뒤집었을 때 정신이 아득해지는 걸 느꼈다. 물고기는 몸을 바로 세우고는 물 밖으로 빠져나온 커다란 꼬리를 좌우로 휘저으며 다시 천천히 헤엄쳐 가버렸다.

다시 한 번 시도해보겠어. 노인은 전의를 다졌다. 그러나 두 손은 이제 힘이 빠져 우뭇가사리처럼 흐물흐물하고, 눈도 가물가물해서 겨우 한순간씩만 앞이 보이곤 할 뿐이었다.

다시 한 번 시도했지만 역시 마찬가지였다. 한 번 더 해

보겠어. 노인은 생각했다. 하지만 시작하기도 전에 정신이
아득해졌다.

노인은 모든 고통과 마지막 남은 힘과 오랫동안 잊고 지
냈던 먼 옛날의 자존심을 전부 끌어 모아 물고기의 고통과
맞서게 했다. 물고기는 다가오며 뒤집어졌다. 그리고 옆으
로 누운 채 가만히 헤엄치며 주둥이가 뱃전에 거의 닿을 정
도로 가까이 왔다가 배 옆을 지나치기 시작했다. 길고 넓
고 거대한 은빛 몸이, 보랏빛 줄무늬를 드러낸 채 물속을
한없이 지나갔다.

노인은 낚싯줄을 내려놓고 발로 밟아 눌렀다. 그리고 작
살을 할 수 있는 한 높이 쳐들어 있는 힘껏, 아니 없는 힘
까지 모두 짜내어, 노인의 가슴 높이만큼이나 높이 물 밖으
로 솟아 있는 거대한 가슴지느러미 바로 뒤 옆구리에 작살
을 쑤셔 넣었다. 그는 작살의 날이 고기의 살 속을 뚫고 들
어가는 것을 느끼면서 다시 온몸의 무게를 실어 작살을 깊
숙이 박아 넣었다.

그러자 물고기는 죽음을 몸에 담은 채 마지막 활기를 짜
내어 자신의 엄청난 길이와 넓이 그리고 굉장한 힘과 아름
다움, 그 모든 것을 한껏 드러내면서 수면 위로 높이 솟구
쳐 올랐다. 물고기는 한순간 배에 탄 노인의 머리 위 허공
에 매달려 있는 것처럼 보였다. 그리고 이내 물속으로 철

썩 떨어지며 노인과 배 위에 물보라를 온통 뒤집어씌웠다.

노인은 현기증과 함께 구역질이 났고 눈도 제대로 보이지 않았다. 하지만 그는 작살 줄을 엉키지 않게 잘 수습해, 껍질이 벗겨진 두 손으로 천천히 풀어주었다. 겨우 눈앞이 보이게 되자 노인은 물고기가 은빛 배를 드러낸 채 바다에 누워 있는 모습을 보았다. 작살 자루가 물고기의 어깨 쪽에 비스듬히 꽂힌 채 삐죽 나와 있었고, 바다는 물고기의 심장에서 흘러나온 피로 붉게 물들고 있었다. 피는, 처음에는 수심이 1,500미터도 넘는 푸른 바닷속의 물고기 떼처럼 검게 보였다. 그리곤 이내 구름처럼 붉게 퍼져나갔다. 물고기는 조용히 은빛으로 반짝이며 물결에 둥둥 떠 있었다.

노인은 눈이 제대로 보이는 짧은 순간에 주의 깊게 물고기를 살폈다. 그런 뒤에 작살 줄을 뱃머리 말뚝에 두 번 감아놓고는 머리를 숙여 두 손으로 감쌌다.

노인이 뱃머리 판자에 기댄 채 말했다. "정신 차려야 해. 난 지쳐빠진 늙은이긴 하지만 내 형제인 저 물고기를 죽였어. 이제부터 고된 잡일을 해야만 하지."

노인은 생각했다. 이제 저놈을 배 옆에다 길게 묶어둘 올가미와 밧줄을 준비해야 해. 설혹 두 사람이 있다고 해도 무리하게 저 놈을 배에 실었다가는 배가 가라앉고 말거야. 배 안에 고이는 물을 퍼낸다고 해도 말이지. 만반의 준비를 갖춘 다음 저 놈을 배 옆에 잘 붙들어 매야 해. 그리고 돛대를 세워 돛을 올리고 집으로 돌아가는 방법뿐이야.

노인은 물고기를 뱃전에 나란히 붙여놓기 위해 끌어당기기 시작했다. 밧줄을 아가미 쪽에 넣고 주둥이 쪽으로 빼서 대가리를 뱃머리 옆에다 꽉 붙들어 매기 위해서였다. 놈을 자세히 보고 싶어, 하고 노인은 생각했다. 손으로 만지며 느껴보고도 싶군. 놈은 내 큰 재산이니까. 하지만 그런 이유로 놈을 느껴보고 싶은 건 아냐. 놈의 심장은 아까 느껴본 것도 같아. 작살 자루를 두 번째로 꽉 눌러 박을 때였지. 자, 놈을 끌어당겨서 머리를 붙들어 맨 다음 꼬리랑 몸통 중간에 올가미를 씌워 배에 단단히 묶어놓자.

노인은 물을 조금 마신 뒤 말했다. "자, 일을 시작하세, 늙은이. 싸움이 끝나고 나니 이제 고된 잡일이 잔뜩 기다리고 있군."

노인은 하늘을 한 번 보고는 물고기를 잠깐 쳐다보았다. 그리고 태양을 주의 깊게 살피면서 생각했다. 정오를 넘긴 지 얼마 안 됐군. 게다가 무역풍도 불고 있어. 낚싯줄은 이제 아무래도 상관없어. 집으로 돌아가서 그 애와 함께 이어붙이면 되니까.

"자, 이리 오너라, 물고기야." 노인이 말했다. 하지만 물고기는 오지 않았다. 물고기는 바다 위에 저만치 둥실둥실 떠서 드러누워 있었다. 노인은 배를 저어 물고기에게 다가 갔다.

물고기 머리를 뱃머리에 끌어다놓고 나란히 떠 있게 되었을 때 노인은 그 엄청난 크기에 놀라 두 눈을 의심할 정도였다. 그는 뱃머리 말뚝에서 작살 줄을 풀어, 그걸 아가미에 넣어 빼낸 다음 주둥이에 또 한 번 감고는 두 겹으로 겹쳐진 밧줄을 꽉 묶어 뱃머리 말뚝에다 단단히 붙들어 맸다. 그런 다음 노인은 밧줄을 끊어서 고물로 들고 가 꼬리에 올가미를 씌워 묶었다. 물고기는 자주색과 은빛이 섞인 원래 색깔에서 은빛으로 변했고, 줄무늬도 꼬리와 같은 연보랏빛을 띠고 있었다. 줄무늬의 폭은 손가락을 쭉 편 어른 손보다도 더 넓었다. 물고기의 눈은 잠망경의 반사경처럼, 행렬 속의 성자의 눈처럼 아무런 표정도 담겨 있지 않았다.

"다른 방법으론 놈을 죽일 수 없었어." 노인이 말했다. 물을 마신 후로 기운이 나고 좋아져서 그는 이제 정신을 잃지 않을 거라는 생각이 들었고 머리도 맑아졌다. 노인은 생각했다. 저 정도라면 700킬로그램도 더 나가겠어. 어쩌면 훨씬 더 나갈지도 몰라. 내장 따위를 빼고 삼분의 이만 남는다고 쳐도 킬로그램당 65센트씩 받고 판다면?

노인이 말했다. "계산을 하려면 연필이 있어야겠어. 정신이 그 정도로 맑지는 않으니까. 하지만 위대한 디마지오도 오늘만큼은 나를 자랑스럽게 여길 거야. 난 발뒤꿈치에 뼈돌기 같은 건 없었어도 두 손이랑 등은 정말 아팠으니까." 노인은 생각했다. 뼈돌기란 게 과연 어떤 건지 궁금하군. 어쩌면 우리에게도 그런 게 있는데 그저 모르고 지낼 뿐인지도 모르지.

노인은 물고기를 고물과 이물 그리고 배 중앙의 가로대에 단단히 붙들어 맸다. 물고기가 너무 커서 훨씬 큰 배 한 척을 나란히 붙들어 맨 것처럼 보였다. 입이 열리지 않도록 노인은 줄을 한 가닥 끊어 물고기의 아래턱을 주둥이에 잡아맸다. 그렇게 해야만 배가 순조롭게 달릴 수 있기 때문이다. 그러고 나서 노인은 돛대를 세웠다. 누덕누덕 기운 돛이 활대 구실을 하는 막대기와 아래 활대에 묶인 채 팽팽하게 펼쳐졌고, 배가 움직이기 시작했다. 그는 고물에 반쯤 누운 채 남서쪽을 향해 나아갔다.

나침반 없이도 노인은 어느 방향이 남서쪽인줄 알았다. 무역풍이 부는 것을 느끼며 돛을 활짝 펼치는 것만으로 충분했다. 노인은 생각했다. 가는 낚싯줄에 가짜 미끼라도 달아서 뭔가 먹을 만한 것을 잡는 게 좋겠어. 그리고 수분 섭취를 위해 물을 좀 마셔야지. 하지만 노인은 가짜 미끼를 찾을 수 없었고 정어리는 상해서 쓸 수 없었다. 노인은 배 옆으로 흘러가는 누런 멕시코 만 해초 한 무더기를 갈고리

로 건져 올려 털었다. 해초 속에 있던 작은 새우들이 배 바
닥으로 떨어졌다. 열두어 마리는 족히 넘을 새우들이 모래
벼룩처럼 팔딱팔딱 뛰었다. 노인은 엄지와 집게손가락으로
새우 머리를 비틀어 떼어내고 껍질과 꼬리까지 꼭꼭 씹어
서 전부 먹었다. 아주 작은 새우지만 영양분이 많다는 걸
그는 알고 있었다. 게다가 맛도 좋았다.

물병에는 아직 두어 모금 가량 물이 남아 있었는데, 새우
를 먹고 나서 노인은 반 모금 정도를 마셨다. 배는 커다란
짐을 실은 힘든 상황치고는 꽤 잘 나아가고 있었다. 노인
은 키 손잡이를 겨드랑이에 끼고 방향을 잡았다. 그는 바로
옆에서 물고기를 보았다. 그는 두 손을 펴보고 고물에 기댄
등의 감촉을 느끼고 나서야 비로소 이것이 꿈이 아니라 정
말로 일어난 현실이라는 것을 깨달았다. 물고기와의 싸움
이 끝나갈 때쯤에는 너무 힘들고 의식이 아물거려서 한순
간 이건 꿈일지도 모른다는 생각이 들기도 했었다. 그리고
물고기가 솟아올랐다가 물속으로 떨어지기 전에 허공에 그
대로 정지한 듯 매달려 있었을 때는 뭔가 엄청나게 기괴한
일이 벌어지고 있다는 확신이 들었고, 그래서 도저히 그 광
경을 믿을 수 없었다. 더구나 그때는 눈도 잘 보이지 않았
다. 지금은 여느 때만큼이나 잘 보이지만 말이다.

노인은 이제 실제로 물고기가 눈앞에 있는데다 두 손과

등의 고통이 느껴져서 꿈이 아니라는 것을 잘 알고 있었다. 노인은 생각했다. 손은 금세 나을 거야. 피를 깨끗이 씻어 냈으니 짠 바닷물이 곧 아물게 해줄 거야. 거짓 없는 이 멕시코 만의 짙푸른 바닷물은 세상에서 가장 훌륭한 치료약 이지. 내가 해야 할 일은 오직 정신을 똑바로 차리는 것뿐이야. 두 손은 제 할 일을 다 했고 배도 잘 나아가고 있어. 물고기도 입을 꽉 다물고 꼬리를 곧추세운 채 형제처럼 우리와 함께 매끄럽게 항해를 하고 있지. 그러다가 노인은 정신이 약간 흐려지기 시작했다. 노인은 생각했다. 지금 놈이 나를 데려가는 건가, 아니면 내가 놈을 데려가고 있는 건가? 내가 놈을 뒤에다 놓고 끌고 가고 있다면 그건 문제될 게 전혀 없어. 또 놈이 위엄을 모두 잃은 채 배에 실려 있다면 그 또한 문제될 게 전혀 없지. 하지만 지금 놈이랑 배는 나란히 묶인 채 둘이 함께 나아가고 있단 말이야. 그러다가 노인은 생각했다. 까짓것, 놈이 원한다면 놈이 날 데리고 가는 걸로 하지 뭐. 내가 놈보다 나은 건 꾀가 많다는 것뿐이고, 또 그런다고 놈이 나에게 무슨 해를 끼치는 것도 아니니까 말이야.

그들은 순조롭게 항해를 해나갔다. 노인은 두 손을 짠 바닷물에 담그며 정신을 똑바로 차리려고 애썼다. 하늘 높이 뭉게구름이 떠 있고 그 위로 많은 새털구름이 엷게 떠 있는 하늘을 보고 노인은 부드러운 무역풍이 밤새도록 불어오리라는 것을 알았다. 노인은 꿈이 아닌 현실이라는 것을 확인하기 위해 틈틈이 물고기를 바라보았다. 최초의 상어가 물고기에게 덤벼든 것은 한 시간 뒤였다.

상어가 나타난 것은 우연이 아니었다. 물고기의 검은 피구름이 서서히 가라앉으며 1,500미터도 넘는 깊은 바닷속으로 퍼져나갔을 때 이미 상어는 물속 저 깊은 곳에서 올라오기 시작했던 것이다. 상어는 너무나 빨리 그리고 아무런 거리낌 없이 곧장 솟구쳐 올라와 수면을 가르고 햇살 속에 몸을 드러냈다. 그리고 다시 바닷속으로 들어가 피 냄새를 따라 배와 물고기가 지나간 길을 뒤쫓기 시작했다.

상어는 이따금 냄새를 놓치기도 했다. 하지만 곧 냄새를 다시 찾아내거나 그 흔적을 포착했고, 그 즉시 맹렬하고 빠르게 배 뒤를 쫓아 헤엄쳤다. 놈은 아주 큰 청상아리였다. 바다의 그 어떤 물고기 못지않게 빨리 헤엄칠 수 있는 놈으로, 아가리만 빼고는 몸 전체가 아름다운 녀석이었다. 황새치만큼이나 푸른 등에 배는 은색이며 껍질은 매끄럽고 아름다웠다. 놈은 커다란 아가리만 빼고는 생김새가 황새치와 비슷했다. 놈은 지금 아가리를 꽉 다문 채 솟은 등지느러미를 흔들어대지도 않고 칼날처럼 바닷물을 가르며 수면 바로 밑에서 빠르게 헤엄치고 있었다. 닫힌 아가리의 두 겹으로 된 입술 안쪽에는 여덟 줄의 이빨이 모두 안쪽으로 비스듬히 박혀 있었다. 대부분의 상어와 달리 피라미드 모양의 이빨이 아니었다. 사람의 손가락을 매 발톱처럼 오그렸을 때와 같은 모양을 하고 있었다. 그리고 거의 노인의 손가락만큼이나 길고 양쪽 끝은 면도날처럼 날카롭고 예리했다. 바닷속의 어떤 물고기든 다 잡아먹고 살 수 있도록 만들어진 이 물고기는 너무나 빠르고 강한데다 무장도 잘 되어 있어서 도무지 대적할 상대가 없었다. 바로 그런 놈이 지금 좀 더 신선한 피 냄새를 맡으며 푸른 등지느러미로 속력을 올려 휙휙 물살을 가르고 있었다.

다가오는 상어를 보았을 때 노인은 이놈이 바다에서는 아무것도 두려운 것이 없고 하고 싶은 대로 해치우는 놈이라는 것을 알았다. 노인은 작살을 준비하고 거기에 밧줄을 매면서 상어가 다가오는 것을 지켜보았다. 물고기를 배에 묶느라 잘라 썼기에 밧줄은 그만큼 짧았다.

노인의 머리는 이제 맑고 또렷했다. 그는 굳은 결의로 가득 차 있었지만 희망은 별로 없었다. 이런 좋은 일은 오래 가지 않지, 하고 노인은 생각했다. 그는 그 커다란 물고기를 한 번 쳐다보고는 상어가 접근해오는 것을 지켜보았다. 노인은 생각했다. 차라리 꿈이었다면 좋았을 걸. 놈이 공격하는 건 막을 수 없겠지만 놈을 죽일 수는 있을지 몰라.

이놈의 덴투소(스페인어로 큰 이빨을 가진 사나운 상어의 일종). 이
망할 놈의 자식.

상어는 고물 쪽으로 빠르게 다가왔다. 놈이 물고기에게
덤벼들 때 노인은 상어의 벌어진 아가리와 기괴하게 생긴
두 눈을 보았다. 그리고 놈이 똑바로 달려들며 물고기의 꼬
리 바로 윗부분을 덮쳤을 때 철퍽 하고 이빨이 살에 박히는
소리를 들었다. 놈의 대가리가 불쑥 물 밖으로 올라오고,
등도 물 위로 드러났다. 큰 물고기의 껍질과 살이 찢겨나가
는 소리를 들으며 노인은 상어의 대가리를 겨눠 두 눈을 연
결한 선과 코에서 등 쪽으로 뻗어나간 직선이 서로 교차하
는 지점에 작살을 힘껏 내리꽂았다. 물론 그런 선이 실제로
있는 것은 아니었다. 다만 육중하고 날카로운 푸른 대가리
와 커다란 두 눈과 사정없이 덤벼들고 물어뜯고 모든 걸 삼
켜버리는 아가리가 있을 뿐이었다. 하지만 바로 그 지점이
상어의 뇌가 있는 자리였고 노인은 그곳을 찔렀던 것이다.
그는 피범벅이 된 짓무른 두 손으로 있는 힘껏 작살을 찔러
절반 넘게 푹 쑤셔 넣었다. 희망은 없었지만 단호한 결의와
가차 없는 적의를 품고 내리찍었던 것이다.

상어는 몸을 뒤집으며 한 바퀴 빙그르 돌았다. 노인은 놈
의 눈에서 생기가 사라졌음을 알아차렸다. 상어는 다시 한
번 빙그르 돌며, 밧줄로 제 몸을 두 번이나 휘감았다. 노인

은 놈이 죽었다는 것을 알았지만 상어는 자기 죽음을 받아들이려고 하지 않았다. 배때기를 드러내고 벌렁 뒤집힌 채 상어는 꼬리를 세차게 파닥거리고 턱을 덜거덕대면서 모터보트처럼 물살을 헤치며 헤엄쳐갔다. 꼬리가 물을 후려친 자리마다 하얀 물거품이 일었고, 팽팽해진 밧줄이 바르르 떨리다가 툭 끊어지자 상어의 몸통이 사분의 삼쯤 물 밖으로 드러났다. 상어는 잠시 수면에 가만히 떠 있었고 노인은 그 모습을 지켜보았다. 상어는 아주 천천히 물속으로 가라앉았다.

"놈이 족히 20킬로그램은 뜯어 갔겠는걸." 노인이 큰소리로 말했다. 그리고 내 작살과 밧줄까지 몽땅 가져가버렸어, 하고 그는 생각했다. 게다가 내 물고기에게서 다시 피가 흘러나와 다른 상어들이 몰려올 거야.

물고기 일부가 뜯겨나가자 노인은 물고기를 더는 쳐다보기 싫었다. 물고기가 물어 뜯겼을 때 노인은 마치 자기 자신이 물어뜯긴 것처럼 느꼈다.

노인은 생각했다. 하지만 나는 내 물고기를 물어뜯은 상어 놈을 죽였어. 게다가 놈은 내가 여태껏 본 덴투소 중에서 제일 큰 놈이었지. 하느님도 아시겠지만 난 큰 놈들을 많이 봐 왔지만 말이야.

정말이지 좋은 일이란 오래 가는 법이 없구나, 하고 노인은 생각했다. 차라리 모든 게 꿈이라면, 내가 저 물고기를 낚은 일이 전혀 없었던 일이고, 그저 혼자 침대에 신문지를 깔고 누워 있는 거라면 좋았을 텐데.

노인이 말했다. "하지만 인간은 패배하도록 만들어진 게 아니야. 사람은 파멸당할 수는 있을지언정 패배하진 않아." 그래도 이렇게 되고 보니 저 물고기를 죽인 게 후회스럽군. 노인은 생각했다. 이제 어려운 일들이 닥쳐올 텐데 작살조차 없군. 덴투소는 잔인하고 힘이 센 데다가 영리한 놈들이지만 난 아까 그놈보다 더 영리했지. 아니, 어쩌면 그게 아닐지도 몰라. 그저 내가 더 좋은 무기를 갖고 있었을 뿐인지도 모르지.

"이봐 늙은이, 생각일랑 집어치워. 이대로 곧장 배를 몰다가 일이 닥치면 그때 맞서 싸우는 거야." 노인이 큰소리로 말했다.

하지만 난 생각을 해야만 해, 하고 노인은 생각했다. 왜냐하면 나에게 남은 건 그것밖에 없거든. 야구를 빼곤 말이야. 위대한 디마지오가 덴투소 놈의 골통을 내리찍은 내 솜씨를 봤다면 어떻게 말할지 궁금하군. 대단한 솜씨라고는 할 수 없지만, 하고 노인은 생각했다. 누구나 그 정도는 할 수 있을 테니까. 하지만 내 두 손의 상처가 발뒤꿈치 뼈돌기만큼 불리한 조건이었을까? 글쎄, 모르겠군. 가오리에

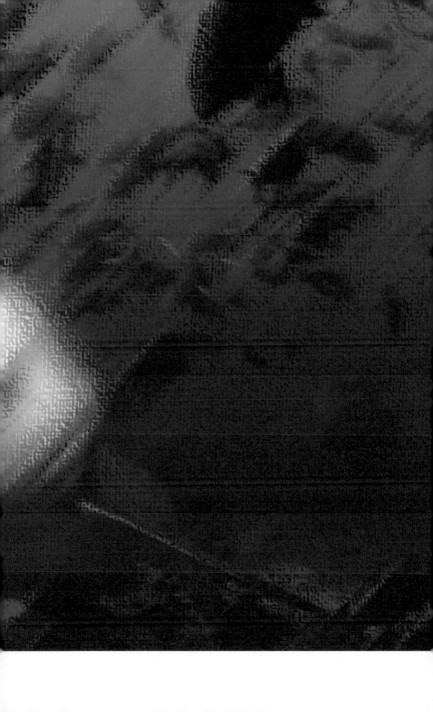

게 찔렸을 때 말고는 발뒤꿈치에 문제가 생긴 적이 한 번도 없었으니까. 수영을 하다 놈을 밟는 바람에 찔렸는데, 정말 참을 수 없을 정도로 아프고 무릎까지 마비가 되었지.

노인이 말했다. "이보게 늙은이, 뭔가 즐거운 걸 좀 생각해보게. 자넨 지금 시시각각 집과 가까워지고 있으니 말이야. 게다가 짐이 20킬로그램이나 줄어서 그만큼 더 가벼워졌지."

노인은 배가 해류의 안쪽으로 접어들게 되면 무슨 일이 일어나게 될지 아주 잘 알고 있었다. 하지만 지금으로선 할 수 있는 일이 아무것도 없었다.

노인이 큰소리로 말했다. "아냐, 있어. 노 끝머리에 칼을 묶어 달 수 있잖아."

그는 키 손잡이를 겨드랑이에 끼고 발로 아딧줄(풍향에 따라 돛의 방향을 조절하는 밧줄)을 밟고서 칼을 노에 묶었다.

"자, 난 여전히 늙은이에 불과하지만 무방비 상태는 아니야."

미풍이 다시 불어오기 시작했고 배는 미끄러지듯 달렸다. 노인은 물고기의 앞부분만 보다보니 희망이 조금 되살아났다.

노인은 생각했다. 희망을 버리는 건 어리석은 짓이야. 뿐만 아니라 그건 죄악이라고 믿어. 죄악 같은 것에 대해선 생각하지 말자. 죄 말고도 지금은 문젯거리가 충분하니까. 게다가 나는 죄가 뭔지도 아는 게 없잖아. 죄에 대해 난 아무것도 아는 게 없어. 더구나 죄라는 걸 내가 믿는지조차 확신할 수 없지. 저 물고기를 죽인 건 어쩌면 죄였는지도 몰라. 비록 내가 살아남기 위해서, 많은 사람을 먹이기 위해서 그랬다고 하더라도 그건 죄가 될 거야. 하지만 그렇게 따지면 모든 게 죄가 되잖아. 죄에 대해선 생각하지 말자. 그러기엔 너무 늦었고 또 죄에 대해 생각하라고 돈을 받는 사람들이 따로 있으니까. 그 사람들더러 생각하라고 하자. 물고기가 물고기로 태어난 것처럼 나도 어부로 태어났을 뿐이야. 성 베드로도 어부였지. 위대한 디마지오의 아버지처럼 말이야.

하지만 노인은 그게 뭐가 됐든 자신과 관련된 것이라면 생각해보는 걸 좋아했다. 읽을거리가 전혀 없었고 라디오도 없었던지라, 그는 이런저런 생각을 많이 했고, 그래서 죄에 대해서도 계속 생각했다. 네가 저 물고기를 죽인 건 단지 살아남기 위해서, 그리고 먹을거리로 팔기 위해서만은 아니었어. 자존심을 위해서 그리고 어부이기 때문에 저 물고기를 죽인 거야. 넌 물고기가 살아 있을 때도 녀석을 사랑했고, 또 죽은 뒤에도 사랑했지. 네가 녀석을 사랑한다면 죽이는 건 죄가 아냐. 아니, 오히려 더 무거운 죄가 되나?

"이 늙은이야, 자넨 생각이 너무 많아." 노인이 큰소리로 말했다. 그리고 생각했다. 하지만 넌 저 덴투소 놈을 죽였을 때 즐기고 있었잖아. 그놈도 너처럼 살아 있는 물고기를 먹고 살지. 썩은 고기를 주워 먹는 놈도 아니야. 아름답고 고상하며 두려움이라곤 전혀 모르는 놈이지.

노인이 큰소리로 말했다. "그놈을 죽인 건 정당방위였어. 그리고 훌륭하게 죽였지."

노인은 생각을 이어갔다. 게다가 세상의 모든 것은 어떤 식으로든 뭔가를 죽이게끔 되어 있어. 고기잡이는 나를 살아가게 해 주는 일이면서도 날 죽이는 일이기도 하잖아. 아냐. 날 살아가게 해 주는 건 그 애야. 나 자신을 너무 속여선 안 되지.

노인은 뱃전 너머로 몸을 기울여 상어가 물어뜯은 부위에서 물고기의 살점을 한 조각 떼어냈다. 그리고 그걸 입에 넣고 씹으며 고기의 육질과 맛을 음미했다. 육고기처럼 쫄깃쫄깃하면서도 즙이 많았지만 색깔이 붉지는 않았다. 힘줄 같은 것도 전혀 없어서 시장에다 내다팔면 비싼 값을 받을 수 있을 것 같았다. 하지만 피 냄새가 물속에 퍼지지 않도록 할 방법이 없었고, 노인은 최악의 사태가 다가오고 있다는 사실을 예감하고 있었다.

바람은 변함없이 부드럽게 계속 불었다. 바람의 방향이

좀 더 북동쪽으로 틀어졌는데, 그건 바람이 약해지지 않을 것이란 의미라는 걸 노인도 알았다. 노인이 멀리 앞쪽을 내다보았지만 다른 배의 돛이든 선체든 그림자조차 보이지 않았다. 배에서 피어오르는 연기 같은 것도 보이지 않았다. 그저 뱃머리 앞에서 뛰어올라 이쪽저쪽으로 날아가는 날치들과 누런 멕시코 만 해초 더미들만 보일 뿐이었다. 새 한 마리조차 보이지 않았다.

고물에 기대 이따금 청새치의 살점을 씹으며 노인은 휴식을 취하고 기운을 차리려고 애썼고, 그렇게 두 시간가량을 항해했을 때 노인은 다가오는 두 마리의 상어 중 첫 번째 놈이 다가오는 것을 보았다.

"아아!" 노인이 큰소리로 외쳤다. 이 외침은 뭐라고 다른 말로 옮겨놓는 것이 불가능했다. 그것은 그냥 하나의 소리로, 못이 손바닥을 뚫고 나무에 박힐 때 자기도 모르게 내지르는 그런 소리라고나 할까.

노인은 큰소리로 말했다. "갈라노(스페인어로 상어의 일종을 지칭) 녀석들이구나."

첫 번째 놈 바로 뒤를 바짝 따라오는 두 번째 상어의 등지느러미가 곧 보였는데, 갈색 삼각형 지느러미와 크게 빗자루로 휩쓸고 가는 듯한 꼬리 움직임을 보고 노인은 놈들이 삽날코 상어(성격이 흉포한 대형 상어인 장완흉상어)라는 걸 알아차렸다.

놈들은 피 냄새를 맡고 흥분해 어쩔 줄 몰라 했다. 너무 배가 고파 판단력을 잃고 멍청해졌는지 피 냄새를 놓쳤다 맡았다 하면서도 줄곧 가깝게 다가오고 있었다.

노인은 아딧줄을 단단히 묶어놓고 키 손잡이를 고정시킨 다음 칼을 비끄러맨 노를 집어 들었다. 통증 때문에 두 손을 마음대로 꽉 쥘 수 없었기 때문에 가능한 가볍게 쥐고는 노를 잡은 두 손을 번갈아 가볍게 쥐었다 폈다 하면서 손의 통증을 풀어보려고 했다. 노인은 통증을 잊어버리기라도 하려는듯 양손으로 노를 힘껏 움켜쥐고는 상어들이 다가오는 모습을 지켜보았다. 드디어 넓적하고 삽날처럼 뾰족한 놈들의 대가리가 보였고, 넓적하고 끝이 하얀 가슴지느러미도 눈에 들어왔다. 밉살스러운 상어들이었다. 언제나 지독한 악취를 풍기는 이놈들은 산 고기뿐 아니라 썩은 고기도 먹어치웠다. 배가 고플 때는 노나 키까지도 마구 물어뜯는 놈들이었다. 바다거북이 수면에 떠서 자고 있을 때 발과 다리를 뜯어먹곤 하는 것도 바로 이놈들이었다. 놈들은 배가 고프면 물속에 있는 사람까지 공격하는데, 그 사람 몸에서 물고기의 피 냄새나 비린내가 전혀 나지 않을지라도 그랬다.

노인이 말했다. "아아! 이 갈라노 놈아, 어서 덤벼라. 이 갈라노 놈들아."

놈들이 덤벼들었다. 하지만 청상아리와는 다른 방식으로 덤벼들었다. 한 놈이 몸을 쓱 돌리더니 배 밑으로 들어가 사라졌다. 곧 놈이 달려들어 물고기를 홱 물어뜯을 때 노인은 배가 흔들리는 것을 느낄 수 있었다. 다른 한 놈은 가늘게 찢어진 노란 눈으로 노인을 살폈다. 그러더니 반원형의 아가리를 크게 벌리며 날쌔게 물고기에게 달려들어 아까 물어 뜯겼던 자리를 다시 물었다. 놈의 갈색 머리와 등의 맨 꼭대기에 뇌가 척수와 만나는 선이 뚜렷하게 보였다. 노인은 노 끝에 달린 칼을 그 교차 지점에다 쑤셔 박았다. 그리고 그걸 다시 잡아 빼서 이번엔 고양이 눈 같은 놈의 노란 눈에다가 다시 찔러 넣었다. 상어는 물고기를 놓으며 스르르 떨어져나갔고, 물어 뜯은 살점을 삼키면서 죽어갔다.

또 다른 한 놈이 배 밑에서 물고기를 물어뜯고 있었기 때문에 배는 여전히 흔들렸다. 노인이 아딧줄을 풀어 배를 옆으로 돌리자 상어가 물밑에서 모습을 드러냈다. 상어가 보이자 노인은 뱃전 너머로 몸을 기울여 놈을 향해 칼날을 내리 꽂았다. 하지만 급소를 놓치고 살만 찔렀던 탓에 살가죽이 단단하게 죄어들어 칼날이 거의 들어가지 않았다. 강한 반작용에 따른 충격으로 두 손뿐만 아니라 어깨까지 아팠다. 하지만 상어는 곧장 수면으로 올라와 대가리를 내밀었다. 놈이 코를 물 밖으로 드러내놓고 물고기를 물었을 때 노인은 놈의 펀펀한 대가리 윗면 한가운데를 정통으로 찔렀다. 그리고 칼날을 잡아 뺐다가 다시 똑같은 자리에 내리꽂았다. 놈은 여전히 물고기 살에 아가리를 박은 채 물고 늘어졌다. 노인은 이번엔 상어의 왼쪽 눈을 찔렀다. 놈은 여전히 물고기를 물고 늘어졌다.

"그래도 모자라느냐?" 노인은 칼날을 척추골과 골통 사이에 내리꽂았다. 이번엔 칼날이 쉽게 들어갔고 노인은 갈라지는 연골을 느꼈다. 노인은 노를 거꾸로 잡고 상어의 주둥이 속에 노깃을 비틀어 넣고 아가리를 벌렸다. 노를 한 바퀴 비틀어 돌리자 상어는 미끄러지듯 떨어져 나갔다. 노인이 말했다. "어서 꺼져라. 이 갈라노 놈아. 1,500미터도 넘는 깊은 바닷속으로 가라앉아 죽은 네 친구 놈이나 만나. 네 어미인지도 모르겠다만."

노인은 칼날을 닦고 노를 내려놓았다. 그런 다음 아딧줄을 다시 잡고는 돛이 바람을 가득 품도록 했다. 배는 곧 본래 가던 방향을 되찾았다.

노인이 큰소리로 말했다. "놈들이 뜯어간 게 틀림없이 물고기의 사분의 일은 될 거야. 그것도 제일 좋은 부위로 말이야. 이게 다 꿈이라면, 그래서 내가 저 물고기를 낚은 일이 아예 없었던 일이라면 얼마나 좋을까. 미안하구나, 물고기야. 애당초 너를 낚은 게 잘못이었어."노인은 말을 멈췄다. 그는 더 이상 물고기를 보고 싶지 않았다. 피가 빠져나가고 파도에 씻긴 물고기는 거울 뒷면 같은 희뿌연 색으로 변해 있었다. 줄무늬는 아직 그대로 보였다.

노인이 말했다. "물고기야, 이렇게 먼바다까지 나오질 말았어야 했는데, 너를 위해서나 나를 위해서나 나오질 말았어야 했어. 미안하구나, 물고기야."

노인이 스스로에게 말했다. 자 이제, 칼을 묶은 줄을 살펴보고 혹 끊어진 데가 없는지 확인해봐야 해. 그런 뒤에 손도 좀 회복시켜 놓아야 하고. 앞으로 더 많은 놈들이 몰려올 테니까 말이야.

노 끝머리에 칼을 묶은 줄을 살펴본 후 노인이 말했다. "칼을 갈 숫돌이 있으면 좋을 텐데. 숫돌을 가지고 왔어야 했어."그리고 생각했다. 가지고 왔어야 하는 게 한두 가지가 아니지. 하지만 이보게 늙은이, 자넨 이미 그것들을 가져오지 않았고, 지금 없는 걸 생각할 때가 아니야. 있는 걸로 뭘 할 수 있을지 그거나 생각하도록 해.

노인은 큰소리로 말했다. "자넨 좋은 충고를 참 많이도 해 주는군. 이젠 그것도 신물이 나는군."

노인은 배가 앞으로 나아가는 그대로 나아가도록 키 손잡이를 겨드랑이에 끼고는 양손을 물에 담가놓았다.

노인이 말했다. "마지막 놈이 얼마나 많이 뜯어먹었는지는 하느님만이 정확하게 아시겠지만 배가 확실히 가벼워졌군." 그는 물어뜯긴 물고기의 아랫부분에 대해 생각하고 싶지 않았다. 상어가 쾅쾅 부딪쳐올 때마다 물고기 살이 뜯겨 나갔다는 걸 잘 알고 있었고, 물고기가 이제 큰 도로만큼이나 넓은 흔적을 바다에 남겨놓아 온갖 상어들이 몰려오리라는 것도 잘 알고 있었다.

노인은 생각했다. 이것 한 마리면 한 사람이 겨우내 먹고 살 수 있을 텐데. 아냐, 그런 건 생각하지 말자. 그저 쉬면서 손이나 잘 회복시켜 남아 있는 거라도 지켜내도록 하자. 지금 내 손에서 흐르는 피 냄새는 바다에 온통 퍼진 물고기 피 냄새에 비하면 아무것도 아니야. 게다가 손에서 피가 많이 나지도 않아. 이렇다 할 심한 상처도 하나 없고, 피를 흘렸으니 왼손은 더 이상 쥐가 나지 않을 거야.

이제 또 무슨 생각을 할 수 있을까? 노인은 생각했다. 아무것도 없어. 그저 아무 생각도 하지 말고 다음에 올 상어들이나 기다리자. 이 모든 게 정말 꿈이라면 얼마나 좋을까. 하지만 혹시 알아, 결국 좋게 끝나게 될지?

다음에 나타난 상어 역시 삽날코 상어였는데 이번에는 한 마리뿐이었다. 놈은 꼭 여물통에 덤벼드는 돼지처럼 달려들었다. 사람 머리가 들어갈 만큼 커다란 아가리를 가진 돼지가 있다면 말이다. 노인은 일단 놈이 물고기를 덮치게 내버려두었다. 그런 다음 노 끝에 묶은 칼날을 놈의 뇌에 내리꽂았다. 하지만 상어가 뒤로 휙 움직이는 바람에 칼날이 뚝 부러지고 말았다.

노인은 자세를 바로잡고 키를 조종하기 시작했다. 커다란 상어가 물속으로 서서히 가라앉는 것을 그는 아예 쳐다보지도 않았다. 처음에는 전신이 길게 드러났다가 점점 작아지며 마침내 아주 조그맣게 되어 사라지는 그 광경은 노인을 언제나 황홀하게 했었지만 지금은 그것을 거들떠보지도 않았다.

노인이 말했다. "아직 갈고리가 남아 있어. 하지만 별 도움은 안 될 거야. 노 두 자루와 키 손잡이, 그리고 짧은 몽둥이도 아직 있어."

노인은 생각했다. 이제 놈들에게 내가 진 셈이군. 이제 너무 늙어서 몽둥이로 상어를 때려죽일만한 힘도 없어. 하지만 내게 노와 짤막한 몽둥이와 키 손잡이가 있는 한 끝까지 싸워볼 테다.

노인은 두 손을 다시 바닷물에 담갔다. 늦은 오후로 넘어가고 있었다. 아직 바다와 하늘밖에는 아무것도 보이지 않았다. 하늘에는 바람이 이전보다 좀 더 세게 불었다. 노인은 곧 육지가 보이리라는 희망을 품었다.

노인이 말했다. "이보게 늙은이, 자네는 지쳤어. 속속들이 다 지쳤다고."

상어들이 다시 공격해온 것은 해가 넘어가기 바로 직전이었다.

노인은 물고기가 바다에 남긴 넓은 흔적을 따라 갈색 지느러미들이 다가오는 것을 보았다. 놈들은 냄새를 찾아 이리저리 헤매지도 않고, 머리를 배 쪽으로 똑바로 향한 채 나란히 헤엄쳐 오고 있었다.

노인은 키 손잡이를 고정시키고 아딧줄을 묶은 다음 고물 밑으로 손을 뻗어 몽둥이를 찾아 들었다. 부러진 노의 손잡이를 톱으로 잘라서 만든 몽둥이의 길이는 대략 75센티미터쯤 되었다. 손잡이 부분 생김새와 크기 때문에 한 손으로만 효과적으로 쥐고 사용할 수 있는 몽둥이였다. 노인은 손가락 관절을 천천히 구부려 오른손으로 몽둥이를 단단히 쥐고, 다가오는 상어를 지켜보았다. 두 마리의 갈라노 상어였다.

첫 번째 놈이 달려들어 한입 크게 물어뜯을 때까지 기다렸다가 놈의 코끝이나 대가리 맨 윗부분을 정통으로 후려갈겨야 해, 하고 노인은 생각했다.

두 마리의 상어는 함께 접근했다. 가까운 쪽에 있는 놈이 아가리를 벌리고 물고기의 은빛 옆구리에 머리를 처박는 것을 보았을 때 노인은 몽둥이를 높이 치켜들었다가 넓적한 대가리 맨 위를 힘껏 후려쳤다. 몽둥이가 닿는 순간 단단한 고무질의 탄력성이 느껴졌다. 노인은 상어가 물고기에서 스르르 떨어져나갈 때, 한 번 더 몽둥이를 휘둘러 놈의 코끝을 세차게 후려쳤다.

그동안 들락날락하던 다른 상어가 이제 다시 아가리를 크게 벌린 채 달려들고 있었다. 놈이 물고기를 덮치며 아가리를 꽉 다물었을 때 살점이 허옇게 떨어져나가는 것이 보였다. 노인은 힘껏 몽둥이를 휘둘러 놈의 골통을 내리쳤지만 상어는 그를 한 번 흘깃 쳐다보고는 물고 있던 고기 조각을 그대로 비틀어 뜯어냈다. 놈이 고기를 삼키려고 뒤로 물러날 때 또다시 그놈을 향해 몽둥이를 내리쳤지만 육중하고 단단한 고무 같은 탄력만 느껴졌을 뿐이었다.

노인이 소리쳤다. "덤벼라, 이 갈라노 놈아. 어서 한 번 더 달려들어 봐라."

상어는 돌진하듯 달려들었고 놈이 아가리를 다물었을 때 노인은 몽둥이를 내리쳤다. 최대한 높이 쳐들었다가 힘껏 내리쳤다. 이번에는 뇌 뒷부분 뼈와 부딪치는 게 느껴졌다. 노인은 똑같은 곳을 다시 한 번 내리쳤고 그러는 사이 상어는 물고 있던 살을 천천히 뜯어내고는 물고기에게서 떨어져나갔다.

노인은 놈이 다시 오기를 기다리며 살폈지만 두 놈 다 나타나지 않았다. 그러나가 한 놈이 수면 위로 올라와 원을 그리며 헤엄치는 모습이 보였다. 나머지 한 놈은 지느러미도 보이지 않았다.

놈들을 죽일 수 있을 거라고는 생각하지 않았어. 노인은 생각했다. 젊었을 때라면 또 모르지만. 하지만 두 놈 모두에게 심한 상처를 입혔으니 두 놈 다 그리 온전하지는 못할 거야. 두 손으로 몽둥이를 사용할 수 있었다면 첫 번째 놈은 틀림없이 죽였을 텐데. 이렇게 늙었어도 말이야.

노인은 물고기를 보고 싶지 않았다. 절반이나 뜯겨나간 걸 알고 있었다. 상어들과 싸우는 동안 해는 져서 보이지 않았다.

금세 어두워질 테지. 그러면 아바나의 붉은 불빛이 보일 거야. 혹시 동쪽으로 너무 멀리 나와 있다면 새로 생긴 다른 해변의 불빛이 보일 테고."

노인은 생각했다. 이젠 집까지 그리 멀지 않을 거야. 나를 크게 걱정하는 사람이 아무도 없었으면 좋겠는데. 물론 걱정할 사람은 그 애밖에 없겠지만. 하지만 그 앤 틀림없이 날 믿고 있을 거야. 그래도 나이가 든 어부들 중엔 걱정하는 사람들도 꽤 있겠지. 다른 사람들 역시 많이 걱정하고 있을 거야. 난 정말 좋은 마을에서 살고 있어.

노인은 물고기에게 더 이상 말을 걸 수 없었다. 물고기가 너무나 심하게 망가졌기 때문이었다. 그러다가 문득 어떤 생각이 스쳐갔다.

노인이 말했다. "반쪽짜리 물고기야, 한때는 온전했던 물고기야. 내가 너무 멀리 나온 게 후회스럽구나. 내가 우리 둘 모두를 망쳐버렸어. 하지만 너와 난 함께 많은 상어를 죽이거나 박살내버렸지. 이봐, 물고기. 넌 이제까지 얼마나 죽였나? 네 머리의 창 같은 그 주둥이를 괜히 달고 있는 건 아닐 테고 말이야."

노인은 물고기에 대해, 그리고 물고기가 자유로이 헤엄칠 수 있다면 상어를 어떻게 상대했을까, 하고 생각하는 일이 즐거웠다. 물고기 주둥이를 잘라서 그걸로 상어 놈들과 싸울걸 그랬군, 하고 노인은 생각했다. 하지만 손도끼도 없었고 또 칼도 없어. 하지만 그런 게 있었다면, 그래서 물고기 주둥이를 노 끝머리에다 매달 수 있었다면, 그 얼마나 훌륭한 무기가 되었을까? 그랬다면 물고기랑 내가 둘이서 함께 상어 놈들과 싸우는 셈이 되었을 텐데. 그런데 상어들이 밤중에 달려들면 어떻게 하지? 뭘 어떻게 한다?

노인이 말했다. "싸우는 거지, 뭐. 죽을 때까지 싸우는 거야."

하지만 어둠속에서 아무런 불빛도 보이지 않고 오직 변

함없이 팽팽한 돛과 바람만이 느껴지는 지금, 노인은 자신이 혹시 이미 죽은 게 아닌가 하는 느낌에 사로잡혔다. 그는 두 손을 모아 손바닥을 마주 대고 느껴봤다. 그것들은 죽지 않았다. 단순히 두 손을 폈다 오므렸다만 해도 살아 있다는 고통을 느낄 수 있었다. 이번엔 등을 고물에 기대보았다. 자신이 죽지 않았음을 역시 알 수 있었다. 양어깨가 그 사실을 말해 주었다.

물고기를 잡으면 외우겠다고 약속한 기도문이 있었지, 하고 노인은 생각했다. 하지만 지금은 너무 지쳐서 외울 수 없어. 부대를 찾아 어깨를 덮는 게 좋겠군. 노인은 고물에 누워서 키를 조종하며 아바나의 붉은 불빛이 하늘에 비치지는 않는지 살폈다. 물고기가 아직 반은 남아 있어, 하고 그는 생각했다. 어쩌면 운 좋게 앞쪽의 그 반을 갖고 돌아갈 수 있을지도 몰라. 행운만 좀 따라주면 돼. 아냐. 네가 너무 멀리까지 나왔을 때 넌 이미 행운을 저버린 거였어.

"어리석은 생각은 그만해. 정신 똑바로 차리고 키나 잘 조종해. 아직 너에겐 행운이 꽤 남아 있을지도 몰라." 노인이 큰소리로 말했다.

"행운을 파는 곳이 있다면 좀 샀으면 싶군." 그리곤 자신을 향해 물었다. 그런데 무엇으로 사지? 잃어버린 작살과 부러진 칼과 망가진 두 손으로 살 수 있을까?

노인이 말했다. "혹시 살 수 있을지도 몰라. 바다에서 84일 동안 허탕을 친 것으로도 행운을 사려고 했잖아. 그리고 거의 살 뻔했잖아."

쓸데없는 생각은 하지 말자, 하고 노인은 생각했다. 행운이란 여러 가지 모습으로 찾아오는데 누가 그걸 알아볼 수 있단 말인가. 그래도 어떤 모습의 행운이든 좀 얻고 싶군. 대가를 치르고라도 말이야. 아바나에서 비치는 붉은 불빛이 좀 보였으면 좋겠는데. 노인은 또 생각했다. 나는 바라는 게 너무 많아. 하지만 내가 지금 당장 바라는 건 그 불빛이야.

노인은 좀 더 편하게 키를 조종할 수 있도록 자세를 바꾸려고 했다. 몸에 느껴지는 고통을 통해 그는 자신이 죽지 않았음을 알았다.

밤 열시쯤 되었으리라 생각될 때쯤 노인은 하늘에 선명하게 반사되는 아바나의 불빛을 보았다. 처음에는 달이 뜨기 전 하늘에 나타나는 희미한 빛처럼 겨우 알아볼 수 있는 정도였다가 이제는 점점 강하게 부는 바람 탓에 꽤 거칠어진 바다 너머로 확실하게 보였다. 노인은 배의 방향이 불빛의 영역을 벗어나지 않도록 조종했다. 이제, 곧 틀림없이 멕시코 만류의 가장자리로 들어가게 되겠지, 하고 노인은 생각했다. 이제 싸움은 끝이야. 어쩌면 다시 상어들이 공격

159

해 올지도 모르지. 하지만 무기도 없이 어둠속에서 놈들과 뭘 어떻게 싸울 수 있겠어.

노인은 이제 온몸이 뻣뻣해지면서 쑤시고 아팠다. 밤의 냉기 때문에 상처가 난 곳과 무리하게 힘을 쓰느라 긴장했던 몸 부위가 욱신거리며 쑤셨다. 또다시 싸우지 않으면 좋으련만. 노인은 생각했다. 정말이지 또다시 싸우지 않게 된다면 오죽이나 좋을까.

하지만 한밤중이 되자 노인은 또 싸워야 했다. 이번엔 싸워봤자 소용이 없다는 걸 잘 알고 있었다. 상어는 떼를 지어 몰려왔는데, 노인은 놈들의 지느러미가 물살을 가르며 그리는 선과 놈들이 물고기를 덮칠 때의 인광만을 볼 수 있었다. 노인은 놈들의 대가리를 향해 몽둥이를 내리쳤다. 아가리가 살을 물며 덥석 닫히는 소리가 들려왔고 배 밑에서 달려드는 놈들 때문에 배가 쾅쾅 흔들렸다. 노인은 소리와 느낌만을 좇아 필사적으로 몽둥이를 내리쳤다. 무엇인가가 몽둥이를 잡아채는 걸 느끼는 순간 몽둥이마저 어디론가 사라지고 말았다.

노인은 키에서 키 손잡이를 홱 잡아 뺐다. 그러고는 두 손으로 그걸 움켜쥐고 닥치는 대로 후려치고 내리찍고 하며 계속해서 휘둘러댔다. 하지만 놈들은 이제 뱃머리까지 다가와 한 놈씩 잇따라 또는 여러 놈이 한꺼번에 달려들어 물고기의 살을 물어뜯었다. 다시 달려들기 위해 놈들이 몸을 돌렸을 때 뜯긴 살 조각이 바닷물 속에서 허옇게 빛났다.

한 놈이 드디어 물고기의 머리를 노리고 달려들었다. 노인은 이제 끝장이라는 걸 알았다. 그는 키 손잡이로 상어의 대가리를 후려쳤다. 놈의 아가리는 잘 뜯기지 않는 물고기의 무거운 머리에 그대로 박혀 있었다. 노인은 한 번, 두 번, 세 번, 연거푸 후려쳤다. 키 손잡이가 부러지는 소리가 들렸다. 그러자 그는 부러진 손잡이 끝으로 상어를 찔렀다. 살을 뚫고 들어가는 게 느껴졌다. 손잡이 끝이 날카롭다는 사실을 알게 된 그는 한 번 더 세게 쑤셔 박았다. 상어는 물었던 것을 놓고 뒹굴며 떨어져나갔다. 몰려왔던 상어 떼 가운데 그놈이 마지막 놈이었다. 놈들이 뜯어먹을 고기도 더 이상 남아 있지 않았다.

노인은 거의 숨도 쉴 수 없을 지경이었다. 입안에서 뭔가 이상한 맛이 느껴졌다. 구리 맛 같은 들척지근한 맛이었다. 노인은 덜컥 겁이 났다. 하지만 그렇게 심한 것은 아니었다.

노인은 입안에 고인 침을 바다에 뱉으며 말했다. "이것도 처먹어라, 이 갈라노 놈들아. 그리고 사람을 죽였다는 거짓 꿈이나 꾸거라."

노인은 자신이 이제 완전히 돌이킬 수 없게 패배했음을

알았다. 그는 고물로 돌아가서 들쭉날쭉 부러진 키 손잡이 끝을 살폈다. 손잡이는 배 방향을 조종할 수 있을 만큼 키의 홈에 그런 대로 끼워졌다. 노인은 부대를 어깨에 두르고 배를 원래 방향으로 되돌려놓았다. 배는 이제 가볍게 나아갔고 노인은 아무런 생각, 또 그 어떤 느낌도 없었다. 그는 이제 모든 것을 초월해 있었고 그저 집이 있는 항구에 돌아갈 수 있도록 가능한 요령 있게 배를 잘 몰 뿐이었다. 누군가 마치 식탁에 남은 빵 부스러기를 주워 먹으려는 것처럼 밤중에도 상어들이 뼈뿐인 물고기를 또 공격해왔다. 노인은 이제 상어는 조금도 신경 쓰지 않았다. 키를 조종하는 일 말고는 그 어떤 것도 신경 쓰지 않았다. 그가 느끼는 것은 오로지, 옆에 달린 짐이 이제 전혀 무겁지 않게 된 배가 얼마나 가볍게 그리고 얼마나 잘 나아가는가 하는 것뿐이었다.

배는 아무 이상 없어, 노인은 생각했다. 키 손잡이를 빼면 손상된 곳 하나 없이 모두 온전해. 키 손잡이야 쉽게 바꿔 달 수 있지.

노인은 배가 지금 해류의 안쪽으로 들어와 있음을 느낄 수 있었다. 해안선을 따라 늘어선 해변 마을의 불빛이 보였다. 노인은 자기가 지금 어디에 있는지 알았다. 집으로 돌아가는 건 이제 아무 일도 아니었다.

노인은 생각했다. 바람은 어찌 되었든 우리의 친구야.

그리고는 이어서 생각했다. 항상은 아니지만 말이야. 우리의 친구도 있고 적도 있는 저 드넓은 바다도 그렇지. 그리고 침대도. 그래 침대는 내 친구야. 그저 침대면 돼. 침대에 눕는다면 참 좋을 거야. 침대는 네가 패배했을 때 편하게 누울 수 있는 곳이지. 그는 생각했다. 침대가 얼마나 편한 곳인지 난 여태껏 알지 못했어. 그런데 널 패배시킨 것은 누구지?

그는 큰소리로 말했다. "아무것도 없어. 난 다만 너무 멀리 나갔을 뿐이야."

노인이 조그만 항구로 들어왔을 때 테라스의 불빛은 꺼져 있어서 사람들이 모두 잠자리에 들었다는 것을 노인은 알았다. 바람은 그동안 점점 더 강해져서 이제는 거세게 불었다. 그렇지만 항구 안은 바람이 잠잠했다. 노인은 바위 아래쪽의 조그만 자갈밭을 향해 배를 몰았다. 도와줄 사람이 아무도 없었으므로 노를 저어 배를 최대한 뭍 가까이 대고는 배에서 내려 바위에다 배를 붙들어 맸다.

노인은 돛대를 빼내고 돛을 감아 묶었다. 그런 다음 어깨에 메고 언덕길을 올라가기 시작했다. 그때에야 비로소 그는 자신이 얼마나 녹초가 되었는지 깨달았다. 그는 잠시 걸음을 멈추고 뒤를 돌아보았다. 물에 반사된 가로등 불빛에 물고기의 커다란 꼬리 지느러미가 배의 고물 뒤로 높다랗

게 솟아 있는 게 보였다. 그리고 허옇게 드러난 기다란 등뼈 줄기와 뾰족하게 튀어나온 주둥이와 커다란 머리의 칙칙한 형체도 눈에 들어왔다. 그리고 살점 하나 남지 않고 뼈만 남은 앙상한 물고기의 잔해가 그대로 드러나 보였다.

노인은 다시 언덕길을 올라가기 시작했다. 그는 언덕 꼭대기에 이르렀을때 그만 넘어지는 바람에 돛대를 어깨에 걸쳐놓은 채 얼마 동안 누워 있었다. 다시 일어나려고 해봤지만 너무 힘들었다. 돛대를 어깨에 걸친 채 그는 그 자리에 주저앉아 길을 바라보았다. 고양이 한 마리가 뭔가 일이 있는 듯 길 저편에서 바삐 지나갔고 노인은 그 모습을 가만히 지켜보았다. 그러고는 길을 그냥 물끄러미 바라보았다.

마침내 노인은 돛대를 땅에 내려놓고 일어섰다. 그리고 돛대를 다시 들어 올려 어깨에 메고 길을 따라 올라갔다. 오두막에 도착할 때까지 다섯 번이나 주저앉아 쉬어야 했다.

오두막에 들어서자 노인은 돛대를 벽에 기대어놓고는 어둠속에서 물병을 찾아 한 모금 마셨다. 그리고 침대에 누운 다음 담요를 끌어당겨 어깨를 덮고 등과 두 다리까지 덮었다. 그러고는 엎드려 얼굴을 신문지에 묻은 채 양팔을 밖으로 쭉 뻗어 손바닥을 위로 펼치고는 잠이 들었다.

아침에 소년이 오두막 안을 들여다보았을 때 노인은 여전히 자고 있었다. 바람이 너무 거세게 불어서 큰 유자망

어선들조차 바다로 나가지 않은 상황이었으므로 소년은 늦게까지 잠을 자고는 매일 아침 하던 대로 노인의 오두막을 찾아온 것이다. 소년은 노인이 숨을 쉬고 있는지 확인하고 나서 노인의 두 손을 보더니 울기 시작했다. 소년은 아주 조용히 오두막을 나와 커피를 가지러 길을 따라 내려가면서도 엉엉 울었다.

많은 어부들이 노인의 조각배 주위에 모여 뱃전에 묶인 물고기 잔해를 구경하고 있었다. 그중 한 사람은 바지를 걷어 올리고 물속에 들어가서 기다란 줄로 물고기 잔해의 길이를 재고 있었다.

소년은 그곳으로 내려가지 않았다. 벌써 가 보았기 때문이다. 어부 한 사람이 소년 대신 배를 살펴보고 있었다.

"노인은 어떠시더냐?" 어부들 중 한 사람이 소리쳤다.

"주무세요." 소년은 큰소리로 대답했다. 어부들이 쳐다보고 있었지만 소년은 조금도 개의치 않고 울었다. "아무도 가서 깨우지 마세요."

"코에서 꼬리까지 5.5미터나 돼." 물고기 길이를 재던 어부가 큰소리로 말했다.

"그 정도는 될 거예요." 소년이 말했다.

소년은 테라스로 들어가서 커피 한 깡통을 주문했다.

"뜨거운 걸로 우유와 설탕을 듬뿍 넣어주세요."

"더 필요한 건 없니?"

"없어요. 이따가 할아버지가 드실 만한 게 뭔지 알아올 게요."

"정말 엄청난 물고기더구나. 그런 물고기는 정말 한 번도 본 적이 없어. 어제 네가 잡은 두 마리도 훌륭했지만 말이지." 테라스 주인이 말했다.

"제가 잡은 고기, 그까짓 거야 뭐." 소년은 이렇게 말하고 다시 울기 시작했다.

"뭐 좀 마시지 않겠니?" 주인이 물었다.

"아뇨. 사람들에게 산티아고 할아버질 귀찮게 하지 말라고 말해 주세요. 곧 돌아올 게요."

"내가 마음 아파하더라고 전해 주렴." 주인이 말했다.

"네, 고마워요."

소년은 뜨거운 커피가 담긴 깡통을 들고 노인의 오두막으로 가서 그가 잠에서 깰 때까지 옆에 앉아 기다렸다. 한 번 노인은 깰 것 같은 기척을 보였다. 하지만 그는 다시 깊은 잠에 빠져들었다. 소년은 길 건너편에 가서 땔나무를 빌려다가 커피를 데웠다.

이윽고 노인이 잠에서 깨어났다.

"일어나지 마세요." 소년이 말을 하면서 유리컵에 커피를 조금 따라주었다. "이걸 좀 드세요."

노인은 커피를 받아들고 마셨다.

"난 놈들에게 졌단다, 마놀린. 놈들에게 정말 지고 말았어." 노인이 말했다.

"그놈한테는 지지 않았잖아요. 잡아온 물고기에게는 말이에요."

"그래. 그건 정말 그렇지. 내가 진 건 그 다음이야."

"페드리코 아저씨가 배와 어구를 손질하고 있어요. 물고기 대가리는 어떻게 하실 거예요?"

"페드리코에게 잘게 토막을 내서 물고기 덫에나 쓰라고 해라."

"창 같은 긴 주둥이는요?"

"그건 갖고 싶다면 네가 가지거라."

"가질래요." 소년이 말했다. "이제 우린 다른 것들에 대한 계획을 세워야 해요."

"사람들이 나를 찾았었니?"

"물론이죠. 해안경비대하고 비행기까지 동원됐는걸요."

"바다는 아주 넓고 배는 작아서 찾기 힘들지." 노인이 말했다.

자기 자신과 바다만을 상대로 이야기하다가 이렇게 말상대가 있는 게 얼마나 즐거운지 노인은 새삼 깨달았다. "네가 보고 싶었단다." 노인이 말했다. "넌 얼마나 잡았니?"

"첫째 날에 한 마리, 둘째 날에도 한 마리, 그리고 셋째 날인 어제는 두 마리를 잡았어요."

"아주 잘했구나."

"이제 다시 저랑 함께 고기를 잡아요."

"아니다. 난 운이 없는 사람이야. 내게는 더 이상 운이 남아 있지 않아."

"그런 말씀 하지 마세요. 운이라면 제가 가져갈 게요." 소년이 말했다.

"네 가족들이 뭐라고 하지 않겠니?"

"상관없어요. 전 어제 두 마릴 잡았는걸요. 하지만 아직 배울 게 많으니까. 그러니 이제부터 저랑 함께 나가요."

"좋은 고기잡이용 창을 하나 마련해서 배에 늘 가지고 다녀야겠더라. 창날은 낡은 포드 자동차에서 뜯어낸 용수철판으로 만들 수 있을 거야. 과나바코아(아바나에서 동쪽으로 조금 떨어진 곳에 있는 마을)에 가서 갈아오면 될 테고. 날은 날카로워야 하지만 담금질을 너무 많이 하면 안 돼, 쉽게 부러질 수 있으니까. 내 칼은 부러지고 말았지."

"제가 다른 칼을 구해다 드릴 게요. 용수철 판도 갈아오고요. 그런데 이 거센 브리사는 며칠이나 계속 불까요?"

"아마 한 사흘은 갈 거다. 어쩌면 더 갈 수도 있고."

"준비는 제가 다 해놓을게요. 할아버지는 손이나 잘 낫도록 하세요. 아셨죠?" 소년이 말했다.

"손을 낫게 하는 방법이야 잘 알고 있지. 그런데 밤중에 뭔가 이상한 걸 뱉어냈는데 가슴속에서 뭔가 찢어지는 것 같은 기분이 들더라."

"그것도 빨리 치료하시고요." 소년이 말했다. "그만 누우세요, 할아버지. 깨끗한 셔츠를 가져다 드릴게요. 잡수실 것도 좀 가져오고요."

"내가 나가 있던 동안의 신문이 있으면 아무거나 좀 갖다 주렴." 노인이 말했다.

"할아버지께 배울 게 많으니 어서 빨리 나으셔야 해요. 그래서 저에게 모든 걸 가르쳐주셔야 해요. 대체 얼마나 고생하신 거예요?"

"꽤 고생을 했지." 노인이 말했다.

"잡수실 거랑 신문이랑 가지고 올게요. 푹 쉬세요, 할아버지. 약국에 들러 손에 바를 약도 구해올게요." 소년이 말했다.

"잊지 말고 페드리코에게 물고기 대가리를 가지라고 전해주렴."

"네, 꼭 말할게요."

문밖으로 나와 반질반질 닳은 산호암 길을 따라 내려가며 소년은 다시 또 울었다.

그날 오후 테라스에는 한 무리의 관광객이 모여들었다. 빈 맥주 깡통과 죽은 꼬치고기들 사이로 바다를 내려다보던 한 여자가 거대한 꼬리를 가진 아주 길고 커다란 흰 등뼈를 발견했다. 항구 밖에서 동풍이 끊임없이 거센 파도를 일으키고 있었고, 그 등뼈는 수면 위로 모습을 드러낸 채 물결을 따라 흔들리고 있었다.

"저게 뭔가요?" 웨이터에게 물으며 여자는 이제 한낱 바다 쓰레기가 되어 조류에 실려 떠내려가기만을 기다리고 있는 그 거대한 물고기의 긴 등뼈를 손가락으로 가리켰다.

"티뷰론입니다. 상어의 일종이지요." 웨이터가 대답하고는 일어난 일을 나름대로 설명해 주려고 했다.

"상어가 저렇게 멋지고 아름다운 꼬리를 가지고 있는 줄은 미처 몰랐어요."

"나도 몰랐는걸." 여자와 동행한 남자가 말했다.

길 위쪽 오두막에서 노인은 다시 잠이 들어 있었다. 그는 여전히 얼굴을 파묻은 채 엎드려 잠을 자고 있었고, 소년이 옆에 앉아 그를 지켜보고 있었다. 노인은 사자 꿈을 꾸고 있었다.

노인과 바다

지은이 어니스트 헤밍웨이

옮긴이 한민

발행일 2016년 6월 13일

펴낸이 양근모

발행처 도서출판 청년정신 ◆ **등록** 1997년 12월 26일 제 10—1531호

주　소 경기도 파주시 문발로 115 세종출판벤처타운 408호

전　화 031)955—4923 ◆ **팩스** 031)955—4928

이메일 pricker@empas.com